ASHINI

YVES THÉRIAULT

ASHINI

ouvrage précédé d'une chronologie,
d'une bibliographie et de jugements critiques

BIBLIOTHÈQUE CANADIENNE-FRANÇAISE
FIDES ■ 235 est, bd Dorchester ■ MONTRÉAL

Numéro de la fiche de catalogue
de la Centrale des Bibliothèques — CB : 70-1069

ISBN : 0-7755-0283-9

© Éditions Fides — 1961

CHRONOLOGIE

1915 Naissance d'Yves Thériault, le 28 novembre, à Québec, du mariage d'Alcide Thériault et d'Aurore Nadeau. Ascendance montagnaise.

1921-1929 Etudes primaires et secondaires à Montréal, à l'Ecole Notre-Dame-de-Grâce et au Mont-Saint-Louis. L'écrivain québécois le plus prolifique sera un autodidacte.

1930 Thériault met fin à ses études. Il exercera plusieurs métiers: trappeur, conducteur de camions, vendeur de fromage, de tracteurs, etc.

1934 Atteint de phtisie, Thériault séjourne au sanatorium du Lac Edouard.

1935 Annonceur, durant un temps d'essai, au poste CKAC, à Montréal.

1936-1939 Annonceur aux postes CHNC, à New Carlisle, en Gaspésie; CHRC, à Québec; CHLN, à Trois-Rivières; CKCH, à Hull.

1940 Annonceur à CJBR, à Rimouski.

1942 Le 21 avril, Yves Thériault épouse Michelle-Germaine Blanchet qui lui donnera deux enfants: Marie-José, Yves-Michel. Court séjour à Toronto où il assume la gérance d'un journal. Gérant de la publicité dans une usine de guerre.

1942-1945 Publicitaire et scripteur à l'Office National du Film.

1944 Parution des *Contes pour un homme seul*.

7

1945-1950 Scripteur à Radio-Canada. Fait des « exer-
cices de style » en écrivant sous différents pseu-
donymes des romans « à dix sous ».

1950 Parution de *La Fille laide*, premier roman de
Thériault.

1952 Tour du monde sur un cargo italien. Séjour en
Italie.

1959 Elu membre de la Société royale du Canada.

1961 Hôte du gouvernement soviétique au Festival
international du film, à Moscou. Voyage en Grè-
ce et en Yougoslavie.

1965 Elu président de la Société des écrivains canadiens.

1965-1967 Il occupe le poste de Directeur des Affaires culturelles à l'Administration des affaires
indiennes, à Ottawa.

Yves Thériault est membre de la Société des écrivains
canadiens, de la Société royale du Canada, de l'Asso-
ciation des auteurs dramatiques, du Club international P.E.N.

BIBLIOGRAPHIE

I. OUVRAGES D'YVES THÉRIAULT

ROMANS

La Fille laide, Montréal, Beauchemin, 1950, 224p.

Le Dompteur d'ours, Montréal, Le Cercle du Livre de France, 1951, 188p.

Les Vendeurs du temple, Québec, L'Institut Littéraire du Québec, 1951, 263p.

Aaron, Québec, L'Institut littéraire du Québec, 1954, 163p. Paris, Bernard Grasset, 1956.
Prix de la Province de Québec.

Agaguk, Paris, Bernard Grasset, octobre 1958, 298p. Québec, L'Institut littéraire du Québec, novembre 1958. Montréal, Editions de l'Homme, 1961, 318p. Traductions: Tokyo, Editions Riron-Sha, 1960; Berlin, Editions Herbig, 1960; Milan, Editions Aldo Martello, 1960; Belgrade, Editions Znanje, 1960; Lisbonne, Editions Portugalia, 1960.
Grand Prix de la Province de Québec, 1958.
Prix France-Canada, 1961.

Ashini, Montréal, Fides, 1960, 173p. Montréal, Fides, 1965, Coll. du Nénuphar, 164p.
Prix France-Canada, 1961.
Prix du Gouverneur général, 1961.

Les Commettants de Caridad, Québec, L'Institut littéraire du Québec, 1961, 300p.

9

Amour au goût de mer, Montréal, Beauchemin, 1961, 132p.

Cul-de-sac, Québec, L'Institut littéraire du Québec, 1961, 223p.

Le grand roman d'un petit homme, Montréal, Editions du Jour, 1963, 135p.

Le Ru d'Ikoué, Montréal, Fides, 1963, 96p.

La Rose de pierre (Histoires d'amour), Montréal, Editions du Jour, 1964, 135p.

Les Temps du carcajou, Québec, L'Institut littéraire du Québec, 1966, 244p.

L'Appelante, Montréal, Editions du Jour, 1967, 260p.

La Mort d'eau, Montréal, Editions de l'Homme, 1968, 118p.

Kesten, Montréal, Editions du Jour, 1968, 123p.

N'tsuk, Montréal, Editions du Jour, 1968, 176p.

L'Ile introuvable, Montréal, Editions du Jour, 1968, 176p.

Mahigan, Montréal, Editions Leméac, 1968, 107p.

Valérie, Montréal, Editions de l'Homme, 1969, 123p.

Antoine et sa montagne, Montréal, Editions de l'Homme, 1969, 170p.

Tayaout, fils d'Agaguk, Montréal, Editions de l'Homme, 1969, 160p.

La Passe-au-crackin, Montréal, René Ferron, 1972, 156p.

Le haut pays, Montréal, René Ferron, 1973, 108p.

CONTES

Contes pour un homme seul, Montréal, Editions de l'Arbre, 1944, 195p.

Le Vendeur d'étoiles (pour adolescents), Montréal, Fides, 1961, 124p. Prix Mgr Camille Roy, 1961.

ESSAIS

Séjour à Moscou, Montréal, Fides, 1961, 191p.

Si la bombe m'était contée, Montréal, Editions du Jour, 1962, 124p.

THÉÂTRE

Le Samaritain, pièce radiophonique créée en 1952, publiée dans *Les Ecrits du Canada français,* vol. 4, 1958, pp. 221-254. Premier prix du Concours dramatique de la Société Radio-Canada, 1952.

Le Marcheur, pièce en trois actes, créée en 1950, publiée par les Editions Leméac, Montréal, 1966, 110p.

II. ÉTUDES GÉNÉRALES

BAILLARGEON (S.), Une « nature » libérée de ses complexes, dans *Littérature canadienne-française,* 3e édition, Montréal, Fides, 1957, pp. 455-460.

BÉRUBÉ (R.), Yves Thériault ou La lutte de l'homme contre les puissances obscures, dans *Livres et auteurs canadiens,* 1968, pp. 15-25.

BESSETTE (G.), Le primitivisme dans les romans de Thériault, dans *Une littérature en ébullition,* Montréal, Editions du Jour, 1968, pp. 111-216.

BROCHU (A.), Yves Thériault et la sexualité, dans *Parti pris,* nos 9-10-11, 1964, pp. 141-155. Article reproduit dans *Présence de la critique,* de G. Marcotte, Montréal, HMH, 1966, pp. 228-243.

CHARBONNEAU (H.), Indiens d'Amérique, dans *Le Devoir,* vol. LIII, no 264, 10 novembre 1962, p. 13, col. 1-2.

DUHAMEL (R.), *Manuel de littérature canadienne-française,* Montréal, Editions du Renouveau Pédagogique Inc., 1967, pp. 131-132.

GIRARD (J.), *Biobibliographie de Yves Thériault,* Montréal, Ecole de Bibliothécaires de l'Université de Montréal, 1950, vii-46p.

JACOB (R.), Yves Thériault, romancier, dans la *Revue de l'Université Laval,* vol. XVII, avril 1962, pp. 257-259.

MARCOTTE (G.), Brève histoire du roman canadien-français, dans *Une littérature qui se fait,* Montréal, HMH, 1962, pp. 48-49.

MÉNARD (J.), Yves Thériault ou l'évolution d'un romancier, dans la *Revue Dominicaine,* vol. 66, février 1960, pp. 206-215.

O'LEARY (D.), Libération du roman paysan, dans *Le Roman canadien-français,* Montréal, Cercle du Livre de France, 1954, pp. 70-74.

ROBERT (G.), Yves Thériault, un romancier qui écrit beaucoup de romans, dans *Maintenant,* février 1962, p. 75.

SUTHERLAND (R.), The Body- Odour of Race, dans *Canadian Literature,* no 37, Summer 1968, pp. 60-64.

THÉRIAULT (Y.), Yves Thériault se définit dans *Jeunesses littéraires,* vol. 2, no 3, mars 1965, pp. 6-7.
Textes et documents, Montréal, Leméac, 1969, 134p.

TOUGAS (G.), *Histoire de la littérature canadienne-française,* 4e édition, Paris, P.U.F., 1967, pp. 160-163.

III. ÉTUDES SUR *ASHINI*

Anonyme, Ashini de Thériault fera le sujet d'un film, dans *Le Devoir,* vol. LII, no 15, 19 janvier 1961, p. 7, col. 4-5-6.

GODIN (G.), Ashini, dans *Livres et auteurs canadiens,* 1961, p. 22.

LÉGARÉ (R.), Ashini de Yves Thériault, dans *Lectures,* nouvelle série, vol. 7, no 7, mars 1961, pp. 200-201.

LOCKQUELL (C.), Ashini, roman d'une amitié universelle, dans *Le Devoir,* vol. LII, no 29, 4 février 1961, p. 12, col. 5-6-7-8.

Racine (C.), La critique sociale dans Ashini d'Yves Thériault, dans les *Cahiers Sainte-Marie*, no 1, mai 1966, pp. 47-54.

Valiquette (G.), Ashini, dans *Echos-Vedettes*, vol. IV, 23 avril 1966, p. 31, col. 2.

Valois (M.), Ashini, dans *La Presse*, 4 février 1961, p. 22.

JUGEMENTS CRITIQUES

Unanimement salué par la critique comme une œuvre belle et une sorte d'épopée de la liberté et de la grandeur, ce roman chante, dans une langue majestueuse et d'une grande richesse de sonorités, l'âme de la race montagnaise. Un souffle épique anime la figure centrale de cette fresque où la déchéance d'un peuple éclate comme un cri du sang et agrandit le décor aux dimensions de toute l'humanité. L'auteur de cet hymne d'amour a voulu, semble-t-il, évoquer à travers le chant prophétique du vieux chef indien une vision des forces primitives de la nature. L'entreprise était de taille, mais le romancier a su la mener à bonne fin par la magie d'une langue incantatoire, dont le lyrisme contenu et austère recrée l'atmosphère des légendes et des rites montagnais, pénètre la mystérieuse psychologie d'âmes ouvertes à la fierté, au sacrifice et à la poésie. On comprend dès lors que ce roman riche de sève et de révolte ait mérité à son auteur, en 1961, le prix du Gouverneur général et le prix France-Canada.

Note de l'éditeur

Ashini, Collection du Nénuphar, Fides 1965.

Quelques lecteurs verront peut-être dans « Ashini » un symbole de l'esclavage économique des Canadiens français à qui le nouveau maître a laissé le droit de prononcer des discours enflammés et d'organiser de pieuses célébrations, tout en lui ravissant la richesse du pays et les moyens de la multiplier. Quand Ashini à peu près seul rêve encore d'indépendance, comment Jean-Baptiste, formant numériquement une petite nation, ne peut-il projeter d'être un jour maître chez lui. Ce sont des réflexions que l'auteur de « Ashini » n'a peut-être pas prévues mais qu'il a inconsciemment suscitées.

Marcel Valois, dans *La Presse,*
4 février 1961, p. 22.

Ashini est le roman de la liberté et de la magnani-mité. L'écriture d'Yves Thériault est à la hauteur de ce projet. L'auteur use d'un langage incantatoire mais sim-ple, dépouillé, classique, dont le lyrisme contenu, pres-que austère, exprime l'ascétisme de son héros. Nous plaindrons-nous de quelques rares pages dont la gravité continue menacerait d'être monotone, de certains pas-sages, heureusement brefs, où le détail trop fignolé nous semble intempestif ? Notre mémoire est trop occupée à retenir le visage d'Ashini devenu· pour nous cet ami admirable [...]. Et nous songeons que Saint-Exupéry eût aimé ce livre.

Clément Lockquell, dans *Le Devoir,*
4 février 1961, p. 12.

1

Quand elle fut morte, j'ai lié sa jupe aux chevilles. J'ai attaché ses mains qu'elles ne ballent point. Puis du tronc des bouleaux proches j'ai déroulé de longues lanières d'écorce dans lesquelles j'ai enseveli le corps flasque et encore tiède.

Avec mes mains et mon couteau j'ai creusé au pied d'un grand pin la couche d'aiguilles et la terre meuble.

Une fosse en ouest pour que la femme sache voyager tout droit vers le pays des Bonnes Chasses.

Sur le tronc du grand pin j'ai gravé le signe du repos.

*
* *

Le premier de mes fils dort au lac Uishketsan, noyé durant une crue de printemps. Un Blanc

17

puant le whisky m'a tué l'autre pendant une chasse. Un accident.

Ma fille a fui la forêt pour servir les Blancs, à la ville.

Maintenant la femme est morte, et je suis seul.

Ashini, dernier sang de la grande lignée qui est venue des contrées du sud et s'est fait un monde en cette forêt de l'Ungava.

Dernier sang puisque les autres habitent près de la mer, à l'embouchure des rivières, retenus là par les faveurs hypocrites des Blancs. Vendus aux Blancs pour des pitances.

Ashini, moi, le roc, le granit tenace, la haute pierre des sommets mangée par le vent, polie par les pluies froides.

Ashini, possiblement roi de tout ce grand lieu.

Seul de cette semence, seul de cette servitude.

Mais seul.

Je crois que je voudrais savoir pleurer.

. . . .

J'ai repris les *trails* d'ours pour remonter vers le pays montagneux entre la Mécatina et la Goynish.

Je me suis retourné deux fois pour offrir avis et la sente était déserte derrière moi.

J'ai marché ce jour-là jusqu'au tard du soir et sans manger je me suis enroulé dans ma laine pour dormir. A l'aube, un huard cria près de moi au bord du lac et alors j'ai mangé un peu, deux bouchées de *bannock*.

Ai-je bien soixante ans ? On m'a dit que je suis né l'an des porcs-épics qui a suivi le temps de la mort des arbres feuillus. Cela est bien soixante ans en arrière. Je n'en saurais point jurer.

Ai-je vécu ?

Tout s'estompe déjà. La fille à peine en allée je n'arrivais pas à me souvenir d'elle. (Pourtant dure et brune, solide comme de la terre chaude de juillet. Je savais cela. Et peut-être son visage et le cri de sa bouche quand elle m'appelait d'une rive à l'autre du lac. Et sa chanson... Mais son regard ? Ses mots... ?)

Mes fils sont entrés aussi dans ce brouillard où je ne sais rien reconnaître. L'aîné était fidèle au sang, comme moi, grand comme je le suis, savant en chacune de nos sciences. Comme je le suis.

L'autre voulait descendre vers Mingan, ou Betsiamits. Celui-là croyait aux Blancs. Si bien qu'il a été tué de la balle d'un Blanc.

(Je te le dis comme c'est arrivé. Le Blanc a cru voir bouger dans un fourré. Comme il avait bu, ses sens étaient émoussés. Il a tiré et celui qui était dans le fourré à reconnaître un terrier a été tué. Mon fils... le dernier...)

Puis la femme.

Puis la solitude.

Il me fallait apprendre heure par heure le secret de la solitude. Comment vivre seul, cheminer seul, dormir seul, manger, décider...

Dans le pays montagneux, j'ai cherché des pistes. Une bête de consommation: un lièvre ou un porc-épic. (Les porcs-épics sont revenus cette année, il y aura du pécan et la trappe sera bonne.)

Je n'ai trouvé que des traces de visons d'été, dont la chair est coriace. Alors j'ai tué la première perdrix qui jaillit d'un bosquet et je l'ai mangée sur place, parce que la faim me tenaillait.

Le soleil était haut, il marquait midi.

La forêt était silencieuse sous la trop grande lumière d'été.

Il n'y avait que des guêpes à bourdonner sans cesse près de moi, me harcelant pour que je reparte et que je libère les parages.

Au décroît du soleil, je suis reparti.

Je ne savais pas où j'allais.

Vois-tu, c'est ainsi que l'homme apprit autrefois tant de choses dans ses forêts anciennes. Il errait seul et il ne savait où aller. Alors il prenait le temps de s'accroupir pour regarder vivre le ras de sol. Il grimpait aux arbres pour regarder vivre le ciel. Et s'il entendait la voix des bêtes ou du vent, celle des eaux et celle des ramures, il les écoutait jusqu'à les connaître.

Je crois aujourd'hui que le bien de l'homme est sa solitude et qu'il perd tout moyen lorsqu'il se joint à d'autres hommes.

Attends, je le dis mal.

Bien sûr, j'aurais voulu que revienne ma fille, que renaissent mes fils, que se lève ma femme de sa fosse sombre. Mais je sais bien aujourd'hui que ma grande pensée n'est venue qu'en la solitude.

Alors que je n'avais rien autre, rien ni personne, seulement le désir effrayant de ne pas périr sans avoir laissé des marques profondes en ce pays des Hommes.

. . . .

Il s'est écoulé deux mois. Deux mois pendant lesquels pour toute réponse à mon cri d'appel ne sont venus que la détonation de mon fusil, le cri rauque d'un engoulevent, le hurlement des loups ou le rugissement d'un torrent déchirant la montagne.

De deux mois je n'entendis vraiment en moi-même que le battement de mon cœur quand me venaient des larmes que je n'avais pas le droit de laisser couler.

S'il est vraiment un pays de Bonne Chasse en haut du Plus Grand Lac et qu'y habitent ceux de mon sang, mes causes et mon issue, répondrez-vous une fois, cette seule fois et rien de plus, lorsque je crie dans mon désert... ?

2

Maintenant, les soirs sont pris de froidure sèche, venteuse. Et la gelée blanche couvre les feuilles du matin et le sol uni.

Bientôt, les lacs figeront, la glace envahira tout et les premières neiges viendront, dures et gelées.

Il faut un feu de nuit et je ne dors plus sur les platins mais je me blottis dans l'encoignure des roches ou sous les bosquets.

En peu de temps, il faudra que j'érige un abri de sapinages et de mousse.

Mais ce sera le temps de la fourrure et je pourrai piéger des bêtes dont au printemps j'échangerai la peau pour mes besoins d'homme.

Je n'ai rencontré personne depuis que je suis seul. J'habite les arrière-pays. Plus à l'ouest et plus en sud se trouvent les grandes mines de fer, les villes neuves, les chemins de fer et sur la rive du Golfe, le long de la Côte Nord — comme la nomment les Blancs — une civilisation grandit.

Moi, je suis dans une contrée encore peu connue, où il n'y a que de rares errants comme moi, des solitaires qui sont les mauvais loups du *pack*, les enfuis, les exilés.

Mais ces autres, ces compagnons de grand ciel, pendant longtemps je n'en ai point rencontré l'ombre d'un seul. Fut-il Nascapie, ennemi de mon sang ou Cri, ou Waswanipi, fut-il même un dernier vivant de l'ancienne race papinachoise, personne. Mes échos seulement dans l'immensité.

Puis, à la fin de septembre, j'ai rencontré Kakatso. Il m'est apparu, plutôt, un soir que j'étais devant mon feu, à ne penser à rien. Avec la nuit de lacs bleus, de ciel crevé d'étoiles.

La nuit était légère, portée par le vent froid, soulevée de terre on eût dit. Dans les lointains, des sons d'habitude, oiseaux de l'ombre, *pack* de loups en chasse, grognement impatient d'un ours inquiété.

Je n'ai perçu aucun bruit d'homme et soudain Kakatso était devant moi. Il parla avant que je puisse le mettre en joue et tirer.

— *Meltepeshkao !*

En effet, c'était une belle nuit. Mot d'entente. La salutation qui renoue les sangs.

— Bon.

Je pouvais poser près de moi le fusil.

L'homme était un Montagnais. A la lueur du feu je vis tout de suite les cheveux tressés à chaque tempe, le haut visage placide, le regard impénétrable. Je l'avais déjà vu, déjà connu, je crois.

Il n'était pas un Nascapie aux traits métissés, un Cri trop maigre et mal nourri, un Waswanipi aux yeux fourbes. C'était, comme moi, ce venant de nuit froide, un descendant de la grande race abénakise. Un venu du Sud, un chercheur de forêt riche.

Il prit place devant moi, de l'autre côté du feu.

Je lui ai tendu ce qui restait d'un lièvre frais grillé mais il secoua la tête.

— J'ai mangé à deux vallées d'ici. Je voyage la nuit.

— Et le jour aussi ?

— Oui.

Il me fallait attendre qu'il en dise plus long, selon son vouloir.

Il m'observa longtemps et je savais que son regard fouillait en moi comme mon regard fouillait en lui. Il en apprenait sur moi autant que j'en savais sur lui, par cet examen.

(Ainsi, celui-là était un solitaire comme moi car une déchirure de son vêtement, sur l'épaule, avait été reprisée avec du fil de coton, ce fil des Blancs. Si cet homme avait une femme, elle saurait recoudre avec la babiche fine, mâchée et filée entre les dents, qui rend la pièce réparée plus solide encore que le tissu d'alentour. Et c'était un trappeur, comme moi, car il avait la paume des mains teinte par le suc des glandes de vison et de martre. Il venait du sud car pendait à sa ceinture une peau de lièvre encore tachetée de brun, puisque le froid là-bas est moins vif et la mue des bêtes plus tardive.)

— Je suis Kakatso, dit-il.

Kakatso, le Corbeau. Un nom de bon accord pour cet homme au visage hautain et mince qui était plus grand que moi et semblait un corbeau perché, m'épiant. J'avais entendu son nom déjà. Il était comme moi un solitaire.

— Et je suis Ashini, dis-je.

— Le roc, murmura l'homme. On t'a bien nommé.

Je suis grand aussi, d'une façon plus grand que la plupart des miens, bien que plus petit que Kakatso le Venant. Mais j'ai l'épaule solide, le bras musclé. J'ai aussi la ténacité du roc, je suis une muraille que l'on devine et sur laquelle vient se briser toute volonté.

J'ai levé la main, paume ouverte, et il a fait de même.

Puis nous sommes retombés dans notre silence.

Plus tard il a bougé quand a rafalé une bourrasque froide montant du lac proche et courant au ras du sol. La flamme du feu s'est couchée et Kakatso a murmuré quelque chose que je n'ai point saisi.

Puis il a répété aussitôt:

— On a parlé de toi, aux fourches de la Mécatina.

(Jointes à la source et conjointes à la moitié du parcours, les Mécatinas se sont dédoublées quatre jours avant la Côte. C'est un point de halte, un rendez-vous pour les errants de langue montagnaise.)

— Je voulais passer là. Ensuite, je ne voulais plus.

On avait dû raconter la mort de mon fils.

— Je t'ai peut-être cherché, dit Kakatso.

C'était plus qu'il n'en allait admettre.

— Désormais, je suis seul, dis-je. Mes fils sont morts. Ma femme est morte.

Il resta impénétrable car il est malséant de s'étonner. Les bonnes mœurs de notre race imposent cette immobilité, cette impassibilité.

(Je te le dis, vois-tu, pour que tu saches tout de nous. Maintenant que je suis loin et inaccessible, où apprendras-tu ce qui est et doit être, ce qui n'est pas et ne doit pas être ? Sinon dans ce livre de sang. Tu es probablement un Blanc qui se croit savant et n'a jamais appris la seule science qui compte, celle de vivre.)

— Où est-elle morte ?

— Au lac N'tsuk.

— La femme a de la loutre la souplesse, l'industrie et la gaieté, dit Kakatso. Il est bon que ta femme soit morte au lac de la Loutre.

— Oui.

La fumée monta du feu dans l'air soudain immobile. Elle se tordit en une sorte de spirale lovée.

Noire sur le bleu profond du ciel, contre le chemin de lune neuve qui pontait le lac jusqu'à nous.

Un insecte tardif, dernier avant le gel continuel, crissait dans la mousse tout près de moi. Je l'ai cherché de la main pour l'écraser puis j'ai retenu le geste. Pourquoi devrait-il mourir alors que je vivrais ? Ne pouvait-il ériger quelque cangue où se blottir et attendre le renouveau ?

Je n'aurais point de renouveau moi. Seulement le dernier pas trébuchant à accomplir dans un an, dans dix ans, pour tomber sur quelque talus désert.

Et mourir en regardant les arbres.

Et mourir en regardant le ciel.

Et léguer mon corps de viande fraîche aux bêtes à fourrure qui en tireraient ainsi un sursis et qu'un homme plus jeune, mon successeur dans la solitude, piégerait au moment voulu, afin de gagner lui aussi un sursis.

La marche lente, cyclique, du mécanisme. En changeras-tu un seul élan ? En modifieras-tu la course ?

Il est au pays des Bonnes Chasses où vont les doux de cœur et les chasseurs habiles, des êtres qui sont des dieux, les Manitout, ordonnateurs, maîtres des choses qui nous entourent, maîtres de nous qui leur obéissons. Seuls ils pourraient changer la course des astres et la croissance des plantes.

Mais il y a si longtemps qu'ils m'ont oublié, moi, peut-être ne savent-ils plus comment mener le monde...

Les Blancs qui ont inventé un Dieu, auraient-ils conçu le Tshe Manitout suprême, si grand qu'il est bien au-dessus des miens, les dieux humbles qui se contentent des contrées sauvages et ne sauraient point gouverner les métropoles ?

Ou alors, plutôt qu'un Tshe Manitout plus fort en sa justice, un Metse Mento, un diable de grande puissance capable de gouverner tout, même les villes, même les avions, même les Blancs qui puent le whisky, et raison de plus les errants solitaires comme moi et leurs Manitout sans gloire ?

Je voudrais croire à quelque chose et je ne trouve rien qui soit plus fort que tout, meilleur que tout, indéfectible et suprême.

Je ne saurais plus m'inventer de nouveaux dieux.

— Maintenant, que feras-tu ? demanda Kakatso.

(Et je compris qu'il m'avait cherché à cette seule fin de m'aider si j'en manifestais le besoin. N'est-ce pas ainsi que nous nous tenons par les plus forts liens, hommes de la grande race ? De ne point laisser notre frère se désespérer en vain. Et il ne savait même pas alors que ma femme était morte. Seulement que mon dernier fils vivant avait péri noyé.)

— J'ai tout le pays à parcourir, dis-je. Je continue.

(Continuer, c'est un dessein de logique. Pour qui sait se relever et continuer, la tempête devient clémente, le froid moins mortel, le mal moins acharné, le destin plus propice. Tomber, certes, qui en est exempt ! Puis se relever. Puis continuer.)

— Ce que j'ai toujours fait, je continue à le faire.

J'ai montré le pays d'un geste du bras enveloppant tout.

— Il y a de la viande fraîche pour me nourrir, des ramures pour m'abriter, de la fourrure à piéger et l'air pur à respirer.

Et les montagnes à contempler et les étoiles à admirer et la lune froide de novembre à invoquer

31

et tout ce qui est beau et bon et qui nous enveloppe et nous tient, la saveur du vent, l'odeur de l'eau blanche, la senteur des sapins, la musique de tous les sons de ce pays.

Emigrer pour chercher quel autre pays ? Et dans quelle géographie le trouver plus majestueux, plus vert et plus sain ?

— Tu continueras, conclut Kakatso, c'est une bonne chose.

Lui qui errait seul comme moi savait bien qu'il eût été lâche de tout quitter.

Poursuivit-il sa pensée lorsqu'il me dit:

— Tiernish, désormais seul, est descendu vers Betsiamits. Il habitera chez sa sœur, à la réserve. Pikal aussi va aux Betsiamits maintenant que son fils étudie les sciences des Blancs à la ville. Cela fera deux de moins parmi nous.

Deux lâches.

Pikal, ce drôle d'homme trop court, malingre, qui n'avait jamais su vraiment retrouver son chemin dans la forêt, comme s'il lui eût été versé aux veines quelque sang inférieur de Blanc ignorant...

Tiernish, meilleur homme, mais qui se construisait des camps de billots plutôt que des abris, et vidait le canton de tout gibier, par seule paresse d'aller plus haut dans les portages, une tâche qu'il prétendait inutile.

A la réserve on le choierait, dernier transfuge qu'on féliciterait. Il lui serait donné gîte, pension, argent. On ferait de lui un exemple pour les enfants.

« Voyez celui-là ? Il est sensé, il est intelligent. Il ne reste pas à vivre misérablement dans les bois. Il vient ici où les Blancs seront bons pour lui. Allez, petits, apprenez le français, oubliez votre langue, méprisez la forêt, on vous offre le paradis sur terre. On vous offre, c'est inouï, de faire de vous des Blancs... ! N'est-ce pas le comble de l'entendement et de la générosité ? »

Tiernish, Pikal, deux de plus là-bas, deux de moins ici. La forêt vidée, redevenue le pays du silence, redevenue le royaume des acharnés comme moi, comme Kakatso, comme Misesho, comme Uapistan, les derniers restants. Sommes-nous maintenant douze, ou vingt ?

Je ne saurais dire.

Il y eut tant de lâches, tant de traîtres, tant de transfuges...

Un loup hurla, voix-symbole, repoussé lui aussi vers les arbres rabougris du haut Nord, refoulé, honni, banni...

Comme moi, comme nous.

« Viens, petit, qu'on fasse de toi un Blanc... »

Après, Kakatso a dormi, et moi aussi, tous deux encerclant le feu jusqu'aux rosées glaciales du matin d'automne.

Nous avons pris nos chemins, opposés mais semblables, et à midi ce jour-là j'étais de nouveau seul et plus seul encore que je n'avais imaginé, puisque deux de moins ne croiseraient plus mes sentiers possibles.

. . . .

Qu'il soit gens de hautes pentes ou gens de vallons tortueux, l'homme scrutateur de pistes comme moi n'a pas craint la solitude s'il n'a jamais eu d'autre sort.

C'est d'avoir été et de ne plus être qui arrache à l'homme le dernier lambeau de sa joie. Il n'est point de science plus simple que celle de marcher seul dans un sentier.

Mais il n'est point de science plus complexe que de parcourir seul des sentiers où d'autres auparavant cheminaient avec soi.

Voilà où se situait la première étreinte de mon mal, sa racine douloureuse. Quel cri d'appel pousser pour que l'on me réponde ?

Mes yeux ouverts ne voyaient que la contrée vide d'êtres. Mon odorat ne percevait point d'odeur familiale. Mes mains n'empoignaient que des échos silencieux, rebutées de vent tournoyant en déséquilibre.

Et pour me solacier l'unique évasion, celle de rentrer en moi-même y retrouver mes souvenirs.

Mais pourquoi ne revoyais-je alors que l'agonie de la femme, lente et agitée, cruelle aussi ? Et non la vie d'amour ancienne ?

Pourquoi ne pouvais-je revivre des dialogues de paix au bord des soirs, avec celui de mes fils que le Blanc ivre avait abattu ? Et pourquoi ne pouvais-je revoir pour toute évocation que le trou violet dans le dos brun et le sang sur les feuilles vertes ?

De ma fille, la seule image de sa fuite alors qu'elle nous quittait sans se retourner et sans entendre ma plainte ?

Assis sur la mousse rouge de juin, j'ai revu la noyade de mon fils aîné. J'avais examiné les lieux de sa mort. Par les signes, j'en avais reconstitué toutes les étapes il y a longtemps.

Pourquoi ne pouvais-je aujourd'hui évoquer nos chasses, silencieuses et pourtant éloquentes ? Pareillement minces et grands tous les deux, pareillement habiles, lorsque nous avions traqué un caribou et que nous savions devoir en consommer la viande fraîche le soir même.

L'appel de ce caribou venant sur les vents, porté de vallée en vallée, futile et désespéré. Un cri semblable à celui, refoulé et aphone, que je lançais aujourd'hui en songeant à ce fils aîné qui eût fait tout mon honneur et nourri toute ma complaisance...

Ce soir-là, veille de sa noyade, mon fils Antoine Ashini fit un feu, dépeça un lièvre qu'il avait tué durant le jour et l'apprêta pour son repas du soir. Après, il dormit. Mais déjà, dès minuit, le temps changeait brusquement. Du froid vif de la journée, l'on passait en montée rapide à une tiédeur menaçante.

A l'aube, la neige fondait et l'eau coulait partout le long du sol. D'un coup, la glace du torrent céda et l'eau dévala des hauteurs. C'était une masse énorme qui se ruait sur les basses terres. Antoine, éveillé, tenta de fuir, mais il était trop tard, l'eau l'atteignait, il était emporté vers le lac. Ce fut un combat comme il n'en avait jamais soutenu; de toutes les forces de ses muscles et par instinct plus que par calcul, il tenta de résister à cette puissance qui le charriait comme un fétu. Il s'arc-bouta, battit des bras et des jambes, s'accrocha à toutes les aspérités sur son passage. Mais l'eau fut la plus forte. Moulu, contusionné, il fut entraîné dans le lac. Et brusquement, il se trouva dans l'obscurité. Une masse terrible lui enserrait la poitrine. Il étouffait, il avalait de l'eau et plus il se débattait, plus il se butait sur quelque chose, une couche solide, un plafond qui le retenait, qui l'empêchait de passer.

Soudain, il comprit. Le torrent l'avait entraîné dans le lac et projeté sous la glace. Pour se sauver, il devrait agir immédiatement. Il songea à trouver l'endroit où la glace avait été rompue, mais il y renonça tout aussitôt. Il ne savait dans quelle direction aller. Se trompant, il risquait d'avancer encore plus au large et ce serait la mort certaine. Ces pensées le traversaient comme des éclairs.

Il raisonna aussitôt que la glace sur le lac n'était pas assez épaisse pour porter un homme.

Il tira son couteau de la gaine, appuya une main sur la surface au-dessus de lui et frappa à grands coups. Mais il effritait à peine l'obstacle. Un poids à la jambe lui rappela qu'il s'était endormi avec sa hachette enfilée dans la gaine. D'un geste rapide il laissa choir le couteau inutile au fond de l'eau.

Avec le nouvel outil il eut de meilleurs résultats. La glace céda, petit à petit. Les poumons près d'éclater, la tête bourdonnante, Antoine pratiqua d'abord un trou grand comme la main, puis assez grand pour se passer la tête. Il alla vitement respirer par ce trou. Il était sauvé. Il replongea et, comme il était bon nageur, il n'eut aucune difficulté à agrandir le trou, à le rendre praticable. Mais un problème restait, celui de la glace trop mince. Il réussit tout de même à se hisser hors de l'eau. Puis, étendu de tout son long, il se glissa sans imprimer de secousse à cette surface instable; il put ainsi se rendre presque jusqu'au bord. Là, l'eau étant peu profonde, il se mit debout et termina le voyage en enfonçant dans la glace friable, et en marchant à pas hauts jusqu'au sable.

Quand il y parvint, épuisé, il se laissa tomber et perdit conscience.

Mais la température changea de nouveau.

L'instant doux fut suivi d'un froid mordant. Quand Antoine s'éveilla, il était transi et un frisson lui agitait tout le corps. Péniblement, il parvint à se hisser jusqu'à son bivouac de la veille. Il restait du bois sec qu'il avait caché sous les buissons. Il alluma vite un feu pour chasser ce froid qui le gagnait. Mais ses mains tremblaient tellement qu'il gaspilla presque toutes les allumettes de l'étui étanche avant de réussir à faire flamber le bois.

Affalé tout contre le feu neuf, il tenta de se réchauffer. Mais il eut beau empiler les branches sèches, il eut beau chercher à se rapprocher davantage du brasier, le frisson le tenait toujours et les dents lui claquaient dans la bouche. Il aurait bien retiré ses vêtements trempés, mais il n'avait aucune rechange. Demi-mort il se traîna à quatre pattes jusqu'à la réserve de bois sec. Mais le feu plus vif ne fut d'aucun secours. Il se sentait la tête chaude, et il respirait difficilement. Bientôt, il râla. Et alors, terrassé, il s'allongea en rond autour du brasier et il perdit de nouveau conscience.

Dans son sommeil, il cria, il délira, il vécut des heures atroces. Mais personne n'entendait ses cris, ni ses gémissements, et finalement le feu mourut et seul le froid resta, pesanteur sinistre, enserrant Antoine.

Nous l'avons trouvé deux jours plus tard, et dans la mort son visage était tordu comme une face de damné.

3

L'année de ma naissance, hors le retour des porcs-épics partis depuis cinq ans, il y eut une migration de visons noirs et mon père en tira un augure.

— Tu étais bien venu parmi nous, délégué pour aider aux bonnes chasses, me dit-il quand j'eus douze ans et l'âge du premier caribou.

Je sus bien vite que je n'étais issu d'aucun dieu car je souffrais du froid comme les autres, et si je me blessais, le sang coulait rouge et non blanc pur comme l'est le sang des Manitout.

Et si un temps j'eus l'orgueil de ma prétendue lignée suprême, je dus vite déchanter. J'étais, moi aussi, un Montagnais comme ceux avant moi, soumis aux Blancs.

Mais dans les confins pourtant cadastrés de ma forêt, je me crus libre si longtemps que ma soumission prit forme de faux présage.

J'allais être un homme, quand j'appris la vérité.

— Il ne faut pas, me dit mon père en m'instruisant, que tu ailles chasser là où le mont Uapeleo — le mont de la Perdrix Blanche — se dresse contre le plus Grand des Lacs. En haut de ce mont c'est le Pays des Bonnes Chasses où ne vont que les morts élus. A l'ouest du lac, c'est le pays des Blancs où le saumon des rivières est interdit aux gens de ta race, où la fourrure des bosquets n'est qu'aux Blancs, où si tu chasses tu ne seras plus un Indien mais un Blanc. Veux-tu être un Blanc ?

Je ne répondais pas, même en ce temps, aux questions comme celles-là. Il est des utilités plus logiques à la parole.

Etre Blanc, moi ?

Moi, Ashini, dur comme pierre, fils d'Uapeke-lo, le Hibou Blanc qui sait planer au-dessus des forêts comme un nuage de printemps ?

Hors donc ces frontières, (et il restait quand même grand comme le plus grand des pays où voyager en maître) je n'avais à traiter avec les Blancs qu'aux moments des échanges. Des mauvais moments dont je sortais toujours humilié, déçu, frustré.

Mais je n'en ferai pas le propos de ce livre, le seul qui sera jamais écrit sur ma race mourante dont personne ne sait plus vraiment l'existence comme la fierté.

J'ai grandi libre. Mais ma liberté était celle de l'oiseau en cage. Il est des cages qui sont des volières où un oiseau peut conserver en lui l'illusion du grand ciel et des plongées infinies. Il est aussi des cages étroites comme des prisons.

J'habitais la grande cage, volière immense pour le libre faucon que j'étais. Mais c'était en me mentant à moi-même que je me sentais libre. Aurais-je pu, à ma guise, avironner le canot de l'ensablure de Natashquouanne jusque vers les hauts du fleuve, libre de tuer la viande fraîche, de pêcher le poisson à mon gré, d'aborder quelque endroit qui me plaise ?

Ou bien trouverais-je en bordure de ce fleuve autrefois ma voie royale, toutes les villes des Blancs, les lois des Blancs, les clôtures et les contraintes des Blancs ? Etais-je encore, sur ce parcours d'eau, le roi visitant son royaume ?

N'entendrais-je pas, à chaque tournant, à chaque accostage, à chaque tuée nécessaire le même cri que nous connaissons bien maintenant:

« Va-t'en, maudit sauvage ! »

Il est des langues pures que l'usage aux colonies déforme. Je comprends qu'il existe là un phénomène d'accord. Aux peuples d'éloignement qui ont fait de la langue mère une douceur et une joie appartiennent le cœur doux et la pitié sereine.

Aux usurpateurs, aux intolérants, la rêcheur d'une langue enlaidie et corrompue.

« Va-t'en, maudit sauvage ! »

Il n'est point de langue douce qui sache prononcer de tels mots envers ceux mêmes qui montrèrent durant des millénaires la figure de l'homme aux forces instinctives de la nature, qui parcoururent en maîtres bienveillants ces forêts sans jamais en décimer la faune, sans jamais en incendier les arbres, sans jamais en violer les versants d'eau. Maîtres bons, adaptés à la nature, incapables d'en déséquilibrer le rythme.

En ma langue, si étonnant que cela puisse paraître, il n'est pas de mot pour crier aux intrus: « Va-t'en, maudit Blanc ! » Peut-être aurait-il fallu inventer ces mots avant qu'il ne soit trop tard ?

Je ne les ai pas inventés, ni mes frères, et mes fils pas davantage.

Nous avons donc vécu en notre cage immense, contenus tout en nous imaginant être libres.

Et il m'est arrivé ce qui arrive à tous ceux de mon genre. J'ai tiré ma vie de la forêt, j'y ai pris femme et enfanté des petits et nous avons erré à la suite des migrations de bêtes, à la suite des crues saisonnières, au gré des vents, de la neige et du soleil, pour atteindre finalement le terme dévolu à chacun de nous.

4

Pourrais-je vraiment dire à quel instant m'est venue la Grande Pensée ?

Je ne sais reconnaître que l'influence de ma solitude, qui me faisait désormais plonger en moi pour trouver un commerce d'homme. Seul en mes sentes, loin de tout dialogue, je n'avais que moi-même à interroger et mes seules réponses à entendre.

Cela me vint-il lorsque je me sentis engagé en une entreprise futile, celle de vivre seul dorénavant ? Qu'étais-je et à quoi pouvais-je servir ? Certes, j'avais autrefois accompli ma tâche, pris une femme, mis au monde des enfants. Mais j'avais encore ma force d'homme.

J'étais encore une bête humaine. Ma souplesse était semblable à celle de mes vingt ans. Mes muscles étaient forts. Je n'avais d'âge qu'un chiffre.

Mais point de goût pour recommencer et je n'eusse point, sachez-le, voyagé jusqu'au groupe où trouver quelque femme désireuse de partager mes avenirs.

Ce que j'avais à faire selon les visées normales, je l'avais accompli et n'entendais pas recommencer.

Et pourtant, un mal sourd me tenaillait, de n'être point voué à quelque travail utile. Je tuais pour me nourrir, je piégeais selon mes besoins. J'allais d'une tête de lac à une décharge, du bas d'une rivière à sa source, de l'embouchure d'un torrent jusqu'en haut des rapides, mais sans autre besoin que le mouvement constant, le déplacement sans but précis.

Maintenant que j'étais libre, je me sentais habité par des êtres jusqu'ici silencieux, jumeaux de moi en quelque sorte, longtemps ignorés et qui me pressaient d'accomplir quelque chose que je n'arrivais pas à saisir.

Et soudain, un soir, tout m'apparut en un éclair.

C'était déjà novembre. La forêt d'hiver existait depuis un mois presque. Les lacs étaient pris, les rivières calmes canguées et le flot des torrents semblait plus visqueux, plus lent.

Les sous-bois étaient épaissis par la neige, les sapinages lourds d'un fardeau blanc qui ployait les branches.

Pour dormir, je connaissais maintenant la tiédeur, car je pouvais me blottir dans la masse isolante d'un banc de neige, y accrocher un abri bas en branchage, tirer de mon feu sa pleine chaleur.

C'était, plus qu'en automne ou que dans les humidités grasses du printemps, une ère de bonne vie dans les bois.

Point besoin de chercher longtemps la piste des bêtes à prendre, car elle se découpe nettement sur la neige. Et l'animal affamé se laisse piéger sans ruse et sans effort.

Etait-ce un fruit de quiétude que je pusse, ce soir-là, laisser clairement monter de moi la Grande Pensée qui me retint tout à coup ?

Sous mon abri et réchauffé par un feu vif et craquant, je regardais la nuit blanche et noire. Le froid était modéré au dehors et les arbres étaient silencieux.

Le monde entier semblait en torpeur et il se pouvait mal imaginer qu'au-delà des horizons existaient des villes immenses, tout le pays asservi par les Blancs, violé par les macadams, bousculé par les appareils du progrès.

Ici, il n'y avait que la nature immobile, et au ciel une immensité d'étoiles.

Mon pays, le pays des Montagnais.

Les Montagnais ?

Puisqu'il n'était pas vraiment le pays des Montagnais, quelque illusion que j'en puisse entretenir, puisque cet Ungava, ce Labrador, cette Côte Nord, péninsule immense comme un royaume n'appartenaient qu'aux Blancs qui avaient déjà commencé à en user à leur guise en me refoulant moi et les autres errants jusqu'au-delà de la rivière Pentecôte, au-delà de la rivière aux Outardes et plus loin encore, pourquoi ne serais-je pas le libérateur ?

L'ordonnateur d'une destinée nouvelle pour les miens ?

Quelqu'un était-il déjà allé revendiquer en tout honneur et toute fierté le droit des Montagnais de vivre à leur guise ?

Je ne dormis pas de cette nuit-là. J'ai fouillé tous les recoins de mémoire. J'ai examiné tous mes souvenirs. Avais-je déjà entendu dire, par mes contemporains ou par mes aînés, qu'un seul d'entre nous fût allé plaider notre cause auprès des Blancs ?

Je pouvais nommer presque tous les Montagnais habitant l'Ungava. Je savais l'histoire de chacun de ceux restés en forêt et celle de presque tous les autres qui agonisaient sur les réserves. Lequel d'entre eux avait argué de nos droits, de notre héritage ?

(Que de mots entendus, en des occasions où j'étais allé sur les rives et dans les villages Blancs, que de discours aux temps politiques, où ces Blancs parlaient de *leur* patrimoine, de *leur* langue, de *leurs* traditions, des racines qu'ils avaient plongées dans les rives du Saint-Laurent, le « Père des Eaux »... Mais rien qui concernât notre héritage à nous, millénaire, et que l'on ne nous reconnaissait point.)

Cela creusa en moi, s'installa, s'acclimata.

Aucune souvenance qu'on eût esté en justice pour le rapatriement de nos privilèges. Rien qui n'ait été accompli, personne qui n'ait mené la croisade.

Moi seul.

Et puis en forme de question. Moi seul ? Etait-ce donc là une tâche que le destin me fixait ?

Entreprise de Tshe Manitout, peut-être, sortant de son silence par-devers moi pour tracer une route à mes cheminements... ?

Ma résolution fut prise ce soir d'hiver au bord du lac Ouinokapau. J'entreprendrais le long voyage vers les réserves. J'irais plaider ma cause et celle des miens.

L'exaltation m'envahit, joie immense, présence de toutes les merveilles accomplies. J'obtiendrais des Blancs qu'on nous concédât toutes les régions entre le lac Attikonak et les chutes Hamilton. Ce serait bien assez pour tout mon peuple !

Ensuite j'irais comme le messie dont parlent les Blancs, prêcher chez les bourgades, chez les réserves, à chaque groupe transfuge des miens. Je leur montrerais le pays libre et bien à eux, intouchable à perpétuité par tout autre que les descendants de la grande race abénakise.

Je ramènerais dans ces parages les familles entières qui habiteraient ensuite chaque tournant de vallée, chaque pointe de lac, chaque berge de rivière où croissent les bonnes herbes odorantes.

Partout l'on entendrait monter le chant humain en la contrée que j'aurais libérée et qui serait la nôtre.

Que les Blancs habitent le bas du pays et la droite du pays comme la gauche. Qu'ils occupent les péninsules, les plaines grasses et les bois feuillus ! En nos forêts saines et sèches nous serions maîtres. On n'y viendrait dérober ni minerai ni versant d'eau. On nous laisserait le gibier des rivières comme des bosquets, les arbres et même les plus petites et les plus jolies fleurs.

Il ne serait de baies, de tendres herbes et de racines guérisseuses qui ne viennent enrichir notre bien.

L'oiseau du ciel et l'insecte, la bête et le poisson, le pin noir et le muguet timide, le thym et les genévriers, chaque caillou, chaque goutte d'eau, chaque souffle de vent, chaque perle de rosée seraient nôtres.

Et le droit incontestable de le garder jusqu'à la fin des temps.

Pour moi, je ne voulais rien autre que de cheminer à ma guise sur notre sol retrouvé.

Pour les miens, je voulais le sang reconquis, la fierté rendue.

Etait-ce donc un propos de dément ?

Je ne savais pas que la loi des justes n'a pas encore été votée en les contrées civilisées de la terre.

Il n'est qu'à nous, les primitifs, les sauvages du globe, de dispenser l'équité des jugements.

Voilà peut-être le plus grand de nos anachronismes...

5

Je ne m'inquiétais pas à cette époque de savoir éventuellement défendre ma cause. Avais-je même à en préparer l'état, à énumérer les arguments d'équilibre, à compiler le dossier ?

Je demandais que l'on rendît à ceux à qui on l'avait volé, non pas l'entier d'un pays, demande illogique même en sa juste revendication, non pas le sol colonisé, mais la forêt mienne, pour qu'elle soit à tous. Une contrée où aucun Blanc n'était encore venu chercher richesse.

Un pays, en somme, désert, qui ne servait à rien et qui pouvait servir aux miens.

Si peu dans la géographie...

Pourquoi n'aurais-je pas désiré porter mes demandes jusqu'aux plus hauts lieux ? Devant le Grand Chef Blanc, le seul avec qui j'accepterais de discuter ?

Car, de réclamer les droits d'un peuple, je devenais de ce fait l'égal d'un chef. Je ne voulais point d'honneur et je n'accepterais jamais de régner sur la tribu reconstituée. Mais au moment des palabres, je serais le chef et donc j'avais droit de traiter avec un chef.

Celui-là, je savais son nom, son état, où il habitait sur les bords de l'ancienne Ouataoua, la rivière qui menait autrefois les Agniers vers leur pays après les chasses en contrées du nord.

C'était celui que j'affronterais. Lui seul pouvait ordonner que l'on se rendît à ma demande.

Je n'imaginais même pas de barrière de langue. Je savais que parmi les Blancs il est des interprètes sachant traduire nos vocables à nous pour que les Blancs en saisissent le sens.

Et, à l'opposé de la pauvre langue des Blancs, j'offrais l'ampleur de ma langue montagnaise.

Une langue rythmique, ardente, susurrante comme le vent dans les feuillages.

Et, tel le plus humble des miens, je possédais en moi toute la richesse de cette langue, apprise sans maître pourtant, parce qu'elle s'accorde aux plus simples choses.

Et ces choses en elles-mêmes si variées, si belles, si envoûtantes que les mots pour les décrire en deviennent musique et rassasiement.

Veux-tu que je te dise comment elle est, cette langue ?

Vois la montagne, elle se nomme *otso*... Mais dis-le dans un chuintement, les sons à peine portés, les lèvres demi-fermées.

Et si la montagne (*otso*) s'ajoute d'autres montagnes et devient une chaîne, c'est *nattekam*. Un mot pour chaque chose, et pour chaque chose un mot différent, un mot seul et non les phrases assemblées de tes langues pauvres.

Le sable, *lèko* et, dans l'eau, ce rocher émergeant, *tshissekats*, mais pour un rocher ordinaire, tel celui se dressant dans une clairière, *ashini*, le roc, mon nom à moi.

L'eau du ruisseau, *shipis*, et l'eau blanche du torrent arrogant, *paoshtuk*. Les vagues du lac, l'eau bleue et limpide, *e mekaits*. Les jours de brume se disent *keshkum* et quand l'orage est fini et que se dresse l'arc-en-ciel, *uikuelepeshaken*. Et si l'arc-en-ciel va d'un horizon à l'autre, *lekepeshaken sheneteo*.

Je pourrais longtemps encore t'enseigner ainsi des mots et te démontrer que si tu dois, dans ta langue, dire d'un cœur à qui il appartient, cœur de bœuf, cœur de renard, cœur d'homme, cœur de hibou, j'ai dans ma langue un mot pour chacun de ces cœurs et souvent deux mots qui sauront dire la chose réelle et l'irréalité de la chose chacun à leur manière.

Accord des vocables à la vie quotidienne, mais parce que notre vie dans l'immensité riche est grandiose, les vocables sont grandioses.

Je puis donc raconter mon récit et surprendre l'ignorant qui n'admettra pas que je le puisse en des mots plus grands que les siens.

En ma langue, je te le répète, je pourrais dire cent fois plus que ne saurait me répondre le Grand Chef en son anglais aride et froid.

J'étais mieux armé qu'on ne l'eût cru et je partis donc vers les rives de la mer, vers Betsiamits où j'espérais trouver une oreille pour m'entendre.

. . . .

J'ai portagé un temps sur la rivière Pikapac. Puis par une faille transverse j'ai atteint le dé- croît de la Manicouâgan. Aux rives de la mer, j'ai placé le canot sous une cache et j'ai marché jusqu'aux Betsiamits, en reprenant par les bois, au-delà des orées, derrière les villages des Blancs.

Aux Betsiamits j'ai cherché et trouvé Pikal.

Pikal le maigre, porteur d'amertume, le visage hâve, le regard qui n'a point reconnu les choses belles. (C'était cela le mal, je crois, qui l'avait fait fuir les seules contrées propices à notre sang et retrouver ce village de la réserve.)

Il m'accueillit dans sa maison, car il possédait maison maintenant, comme le plus ordinaire de tous les Blancs. Une bâtisse sans joie, haute, coiffée en pignon, misérable et terne.

Le seuil de porte était rongé par mille passages, usure de trente ans d'âge. Combien qui eussent foulé fièrement le sol libre, plutôt que ce bois indigne, emblème d'asservissement ? Quiconque passait volontiers cette porte n'entrait-il pas dans une prison organisée par les Blancs ?

« Vous aurez des maisons... »

Alors la horde est accourue. Dois-je blâmer les miens ? Un peu, car ils ont pénétré dans ces confins sans y être forcés. Du moins pas avec les armes de puissance. Personne ne les tint au bout d'une chaîne nouée. On ne brandit aucun fusil et les bergers du troupeau souriaient.

Il est toutefois des armes de Blancs qui sont pires que les fusils. On se défend d'un fusil. On s'évade des chaînes en maillons d'acier. On peut répondre à la force par la force.

Que peut-on faire quand des mots sont prononcés, armes en eux-mêmes, promesses, assurances, images que l'on fait miroiter ?

« Vous aurez des maisons, des rues. Vous élirez un conseil de tribu et vous vous gouvernerez. L'on vous concédera un territoire sur lequel chasser à votre guise et qui sera interdit aux Blancs. Vous serez vos maîtres et vous ne souffrirez de rien, pourvu que vous acceptiez de signer ici, au bas de ce traité d'entente... »

Alors les court-pensants de ma race posèrent au bas du parchemin la croix de leur ignorance.

Que leur donnait-on et que sacrifiaient-ils ?

Aux Blancs ils cédaient leur terre la plus riche, leur forêt la plus giboyeuse, leur pays le plus grand. Ils abandonnaient tout droit et ne sauraient même plus voter aux palabres des Blancs.

Et en retour, que recevaient-ils ? Des maisons, soit. Mais je connais des abris de branchages qui sont des palais, car de leur flanc ouvert je découvre les montagnes intouchées et les eaux libres...

Et je sais ces abris de simples objets commodes, abattus à l'aube et reconstruits une journée plus loin, là où c'est encore l'eau libre et la montagne altière...

De la porte de leur maison, que voient les gens des réserves ? Sinon pauvreté semblable à la leur. Sinon haillons semblables aux leurs. Sinon la crasse de la dégénérescence, sinon le rachitisme de leurs enfants mal nourris.

Et sous la coiffe des toits, dort-il chaque nuit l'espoir d'une aube nouvelle, ou n'est-il là que le su des lendemains semblablement tristes, semblablement monotones, stériles et vains qui dureront d'une génération à l'autre jusqu'à ce que les gens de sang, corrompus dans les écoles aient tout oublié des choses anciennes et deviennent, inéluctablement de faux-blancs éternels ?

Ils n'ont même plus la langue, consolatrice rythmée et magnifique, sorte de bouée, sorte de phare. Même la langue disparaît pour être remplacée par celle des Blancs.

Toi, l'homme à la peau rouge, en la Cité des Blancs auras-tu ta place, ou seras-tu repoussé à cause de ta couleur, comme en tous pays de Blancs sont rejetés les noirs, les jaunes, les bruns ?

Qu'as-tu reçu des Blancs, pour leur avoir tout donné ?

Alors qu'ils ne t'ont même pas assuré, sur leur parchemin, de l'air que tu respireras en tes descendants, du soleil qui te réchauffera et des eaux qui seront tiennes.

Histoire de rire, irais-tu une journée durant jouer le Blanc libre en ses quartiers riches ?

Quelle patte blanche pourrais-tu montrer qui n'a de paumes que celles, marquées à jamais, de ton sang et de ta race ? Est-il un pigment qui te fera blanc de peau, lors même que tu parlerais toutes langues de haut monde et que tu marcherais à l'anglaise sur le ciment des trottoirs ?

Pikal n'eut que peu à me dire.

Jamais nous n'avions été vraiment frères de sang. Quand je le rencontrais en forêt, nous ne savions causer, encore que très peu, que du temps dans le ciel ou des profits de la trappe.

Dans sa maison, il m'offrit un siège et nous avons fumé ensemble.

Il ne me confirma qu'une chose qui fut valable. Je devais m'en contenter. Aux Betsiamits, réserve choyée de toute la Côte, un nouveau surintendant occupait.

— Celui-là, me dit Pikal, aime les Indiens. Il ferait tout pour eux.

— Tout ?

— C'est ce qu'il dit.

Je suis rentré en forêt ce soir-là, et j'ai dormi sous un abri près d'un ruisseau. Il me fallait peser ce que je dirais à cet homme, qui ne m'apparaissait plus dans les mêmes termes que ceux inventés en forêt. Qu'adviendrait-il de mes augures ?

C'est que j'avais, à mon tour, observé la vie de la réserve par la porte ouverte de la maison de Pikal. J'en avais vu la désespérance, mais j'avais vu aussi que les gens y semblaient liés.

Je ne sais comment cela se voit. Par l'attitude résignée, je suppose ? Des épaules courbées que l'on ne pourra jamais redresser.

Et l'absence d'espoir dans le regard ?

Suffirait-il que je montre les terres libres là-haut pour qu'ils marchent à la file dans mes sentiers ?

Mais dans la nuit où sifflait un grand vent du nord froid comme un jet de glace vive, il est entré en mon rêve le plus grand des Montagnais des légendes, sans nom mais qui avait le sang des héros que nos chants honorent.

Je l'ai vu tomber comme un arbre abattu, rouler le long d'un talus et glisser vers une gorge noire où il disparut.

Je crois que j'ai compris dès ce moment qu'il me faudrait pour amener à moi tous les amorphes, les transfuges et les lâches commettre un acte qui pût fouetter ce qui restait en eux de fierté.

(Quand autrefois la grande race abénakise fit face à ses ennemis, il y eut de longs combats qui durèrent bien des saisons. Mais l'ennemi était puissant. Il possédait des sciences originant des pays de haut-soleil, au sud de l'horizon. Il put refouler les guerriers de ma race. Ceux qui s'enfuirent et traversèrent le Père des Eaux étaient des vaincus mais point des lâches. S'ils trouvèrent en l'Ungava la paix et le silence et la viande fraîche pour nourrir les tribus, peut-on les blâmer de n'avoir pas reconquis un pays que d'autres habitaient désormais ? Sages, mais point lâches, ils recommencèrent afin que ceux avant moi puissent naître, afin que je naisse à mon tour. Je voulais simplement que se continue cette lignée, qu'elle soit perpétuée à jamais en ce pays même qui lui avait permis de survivre. Etait-ce trop exiger... ?)

Je suis revenu au matin vers la réserve. J'ai traversé le chemin pavé. Des camions énormes y charriaient du roc. Quel autre éventrement de mes sols les Blancs avaient-ils inventé ?

Ils avaient construit une ville, Sept-Iles, et imposé aux Montagnais de cette calme baie un déménagement près de la Moysie.

On le disait à construire, là où il n'y avait auparavant qu'une table de roc, un port qui se nommerait Port Cartier. (N'est-ce pas le nom de ce Blanc venu le premier et qui cajola mes ancêtres en leur promettant un dieu et un roi ?)

Partout le long de cette Côte Nord maintenant, les Blancs crevaient les granits, repoussaient la forêt, mutilaient des montagnes. Pour atteindre le minerai de fer ou de cuivre, pour harnacher les fleuves et conduire l'électricité vers les monstres exigeants des terres du Sud, que n'accomplissaient-ils ?

Et pourtant, le récit orgueilleux de leurs exploits omettait-il que ces entreprises n'étaient que des fourmilières ? Que les excavations n'égalaient même pas en sol creusé le lit d'une seule rivière de l'Ungava ? Qu'à l'altitude du dieu ne se voyaient même plus les villes neuves, les mines, les chemins, les barrages ?

Et que restaient — ma force à moi — des pays immenses de forêt encore intouchée.

Erigez vos villes !

Mimez les puissants !

Jouez les rebâtisseurs de géographies !

Il me restait encore assez de terres pour y perdre ma nation entière et la soustraire à jamais à toutes nos servitudes.

Il me fut bien facile de trouver la maison du Blanc. Elle était neuve et claire alors que les maisons des Montagnais étaient grises et sales.

— Je sais qui tu es, me dit-il, quand je me suis présenté.

Il me regardait curieusement. Il serait facile de parler car il m'écouterait.

— Je suis venu, lui dis-je, parce que je voudrais la liberté de mon peuple.

6

Sur les traités, il est inscrit des avantages, des concessions, des promesses. Et autre chose aussi.

Réunis en conseil, les Blancs qui voulaient neutraliser les forces indigènes du Canada ont promulgué qu'il serait donné aux hommes rouges justement assez, et qu'il leur serait enlevé bien précisément ce qu'il fallait pour qu'à jamais on puisse sans inquiétude explorer et exploiter la colonie.

On délimita des territoires, rarement les meilleurs, mais que des chefs de nos tribus acceptèrent comme une largesse des vainqueurs.

On toléra l'élection de conseils. En certaines tribus on permit la perpétuation des lignées maîtresses.

Sur les mappes on inscrivit des régions de chasse réservée à mes gens. Qu'ils fussent Montagnais ou Cris, Pieds-Noirs ou Shoshones, qu'ils habitassent les pays de conifères ou les plaines, ou les pics escarpés des Rocheuses, ils reçurent tous une part, il leur fut dévolu un sort.

Mais pour ceux de nous qui eussent rêvé de sol à soi que l'on foule en gestes libres, la réalité des traités fut atroce.

C'était de franc et commun socage que se formuleraient nos vies. Serfs de maîtres nouveaux, n'exigeant aucun labeur mais asservissant tout l'appareil futur de notre identité raciale.

Puis le temps coula et les gens de sang dépérirent sur les réserves, car des promesses ne furent pas tenues, des engagements furent oubliés.

Ici et là, par instinct de survie, une tribu prospéra. (La mienne fut moins misérable que celle des Oskelanos, moins miséreuse que celle des Nascapie.)

On permettait les chefs-élus et ceux-ci se réunissaient en conseil le plus sérieusement du monde pour voter des résolutions qu'à Ottawa les Blancs lointains, ignorants de ce qui était bon pour les miens, refusaient de ratifier.

Je te prends à témoin, vois les écoles « indiennes ». Ce nom est une dérision. Elles n'ont d'indien que la couleur des élèves, et leurs origines. De langue indienne il ne s'en enseigne point en ces classes. Et de traditions indiennes moins encore. (N'est-il pas une école près de tes Métropoles, homme Blanc de peu de souci, où il est interdit aux enfants mohicans de converser en leur langue propre ?)

Je te dis cela, comme je te dis toute autre chose, en toute douleur et dépouillé de ma fierté. Il est ainsi des mots amers à dire, de durs mots sans joie.

Sans sa langue, dis-moi, que devient un peuple ?

Dépouillé de sa langue, de ses territoires, mon peuple n'inspira aucune pitié. Y eut-il quelque remords chez les conquérants ? Il eût pourtant été louable de laisser croître ici un troisième peuple, de race autre, de langue différente, capable d'enrichir le pays de ses traditions, de ses sagesses et de son intelligence.

Pour notre bien, nous disait-on, il fallait nous adapter. La réserve était l'état transitoire. Le procédé consistait à endoctriner insidieusement les petits, à faire d'eux des êtres dotés d'une langue qui leur était étrangère mais qui leur permettait, assurait-on, de s'intégrer aux Canadiens, aux Blancs.

Intégrer, cela veut dire absorber en soi un peuple jusqu'à ce que rien ne subsiste de lui qu'un souvenir et les mensonges odieux des manuels d'histoire.

Les Indiens cruels, les Indiens hypocrites et rusés ! Ces êtres qu'on disait immondes d'avoir seulement voulu défendre leur pays contre l'envahissement des Blancs.

Dans les terres faites, les terres des Blancs, il fut érigé des monuments de pierre haute, à l'image des défenseurs du sol canadien: Dollard des Ormeaux, le Chevalier de Lévis, Salaberry, Montcalm... (J'ai peu de ferveur pour ces gens et je les nomme sans ordre et sans souci des dates ou des victoires...)

Pourquoi n'a-t-on pas érigé des monuments de même granit et semblablement honorés pour les chefs indiens qui périrent sous les mousquets français ?

Etaient-ils de moindre bravoure, de moindre patriotisme ?

Pourquoi faut-il, pour la couleur de peau, subir deux poids, souffrir deux mesures ?

Je me dressais, moi, fou d'orgueil, et je lus dans les yeux de Lévesque, le surintendant de la réserve, de la pitié plutôt que de l'admiration lorsque je lui dis dans ma langue:

— Je suis venu parce que je voudrais la liberté de mon peuple.

Et seulement de la pitié.

J'ai attendu longtemps qu'il me fasse une réponse.

Il tourna en rond devant moi, six pas qu'il fit pour encercler une table basse et qui le ramena là où il était. Cette fois, son visage était grave.

— Il est bien tard, dit-il.

— Il n'est pas trop tard.

— Je prêche la patience, moi, me dit Lévesque.

Je crois que j'ai souri.

— Je suis seul maintenant, ai-je continué.

— Je sais, on me l'a dit.

— Et pour sauver mes gens je puis me perdre moi-même.

Il hocha la tête.

— Tu as droit, dit-il, de penser à ta guise. Mais peut-être ne veulent-ils pas de ta liberté...

Il me toucha au bras. Je ne me suis pas raidi car il n'était pas un Blanc comme les autres. Cela se voyait dans ses gestes et dans le son de sa voix. Il ne m'ordonnait rien, et me traitait en égal. Il eût fallu en notre histoire plus de Blancs de cette sorte et moins des autres tels les rédacteurs de traités.

— Ecoute, dit Lévesque, je cherche à vous aider, moi. On vient de me permuter ici. Il m'a fallu un temps pour observer et comprendre ton peuple. Il est différent des peuples Cris.

Croyait-il m'apprendre la supériorité de ma race ?

— Je me suis mis à la tâche de vous aider. Si tu veux, tu peux travailler avec moi. C'est bien à ta guise.

— Ce n'est pas avec toi que je discuterai, dis-je. Ce que je demande, ni toi ni les autres comme toi ne peuvent me le donner. Et puisque je prends tête des tribus, j'en deviens un chef. Fais dire au Grand Chef Blanc, à Ottawa, qu'il y a ici le chef Ashini qui veut entrer en palabre avec lui.

Puis j'ai ajouté, pour que tout soit clair entre nous:

— Je suis pauvre en moyens, moi. Je n'ai de richesse que la forêt de l'Ungava. Le Grand Chef Blanc dispose d'avions rapides comme il en passe souvent au-dessus de ma tête quand je suis dans mes territoires. Dis-lui qu'au milieu du prochain mois je l'attendrai au premier grand tournant de la rivière Bersimis en amont de l'embouchure.

Et je suis sorti en me hâtant.

Il ne fallait pas que je reste près de cet homme. Je craignais son respect et j'aurais peut-être failli à ma tâche, accepté qu'il m'injecte quelque patience que je ne voulais avoir.

Toute la race rouge a été matée par la patience. Prenant prétexte de cette vertu des indécis, on a fait osciller à gauche ou à droite tous mes gens. Si bien qu'ils ne savent plus aujourd'hui d'autres recettes que cette patience qui leur fut pourtant fatale.

Je suis rentré en forêt et j'ai attendu, à deux heures de marche du village indien, que des signes me soient donnés.

7

Quelles objurgations furent faites à Tiernish pour qu'il consente à me retrouver en forêt ? Lui qui devait préférer la chaleur de la maison à une quête par jour froid, que lui promit-on ?

Il était savant des pistes. Il pouvait voyager droit vers une proie. Il mit trois heures à me retrouver. N'avait été son indolence, quel habitant magnifique des forêts eût été cet homme d'apparence balourde et endormie !

— Je te porte un message, me dit-il.

En montagnais écrit, Lévesque avait tracé sur un papier blanc que Tiernish portait sous son blouson:

« Ce que tu demandes est impossible. Viens discuter avec moi. »

Je ne m'attendais pas à plus. Cet homme aurait pu me chasser, ou rire de moi. Il aurait pu m'humilier devant tout le village. Il avait choisi de discuter. C'était une première victoire.

C'était précisément aussi ce que j'avais prévu. Même les mots écrits s'alignaient selon l'ordre que j'avais imaginé.

Sauraient-ils jamais ces Blancs qui se prennent pour des dieux, qu'en l'âme simple d'un Montagnais comme moi dort plus d'astuce et de ruse qu'ils n'en inventèrent jamais ?

Croyait-il que j'espérais réussir par une simple demande faite d'homme à homme ?

J'ai traqué et piégé le vison, déjoué le renard, vécu de mes seuls moyens en une forêt habile à protéger sa faune. J'en ai acquis des savoirs que je pouvais mettre aujourd'hui au service de mes résolutions.

Des savoirs qui dépassaient vastement la pensée ordonnée, entraînée d'un Blanc.

Lévesque croyait jouer au stratège, il ne se doutait même pas que j'étais l'inventeur de sa stratégie.

La bonté du cœur ne confère pas l'habileté.

Qu'il nous aime, qu'il soit bon pour nous importait peu. Il était un serviteur et j'entendais palabrer avec le maître. Et je savais une chose, entre bien d'autres de bonne utilité. Le Grand Chef Blanc oserait-il, devant son peuple, perdre la face ?

Et si obscur que je fusse, si lointain et si infime, je possédais un seul pouvoir, celui justement d'atteindre ce tout-puissant en sa fierté même.

Sans laisser paraître sur mon visage le sourire qui m'illuminait au-dedans et en feignant d'être dupe de Lévesque, je suis retourné le voir.

Cette fois, Lévesque me reçut à son bureau et m'offrit un siège. Il paraissait grave et ses yeux étaient las.

— Je comprends que tu veuilles aider tes gens, me dit-il. On m'a dit que tu étais un homme fier et que tu restais en forêt par choix. On m'a dit aussi que tu es celui des Montagnais qui a le mieux survécu.

J'ai incliné la tête. On m'avait justement décrit.

— Si tu veux aider les tiens, cependant, il faudra que tu sois plus réaliste. Vois-tu, je ne suis pas seul. Je suis maître ici jusqu'à un certain point. En réalité, je suis l'agent qui s'interpose entre vous tous et le Département des Affaires Indiennes, à Ottawa. Chaque fois que c'est possible, je prends votre parti et il m'est arrivé souvent de faire changer des directives que je croyais nuisibles à mes Indiens.

(Il avait dit « mes Indiens » et la tendresse dans sa voix ne put m'échapper. Je lui sus gré d'avoir au cœur autre chose que du mépris ou de la haine. Je le sentais humble devant moi. Mais qu'est-ce que cela pouvait changer ? Il l'avait dit lui-même, en ses mots et sans que je le force à se mettre à nu: il n'était pas véritablement le maître. C'était là-bas, à la maison du Grand Chef Blanc, en la ville d'Ottawa, que se décidait le sort de mes gens. Et point ailleurs.)

— Dis au Grand Chef Blanc que je veux palabrer avec lui.

Lévesque haussa les épaules.

— Ashini, on te dit intelligent. Et l'usage que tu fais de ta langue me prouve que tu sais réfléchir et penser. Même ton projet est plein de sens en lui-même. Seulement, tu prends le mauvais moyen. Le Grand Chef Blanc, comme tu dis, est un homme occupé. Il a de grands problèmes, car les Blancs sont plus difficiles à gouverner que les Indiens. Tu dois bien comprendre que jamais il ne viendra jusqu'ici, jusqu'en Ungava, pour discuter avec toi.

Encore une fois, j'aurais pu prévoir les moindres mots de sa réponse. Mais il ne s'en doutait pas.

Il ne me restait qu'à dire l'autre phrase, deuxième de ce discours que j'avais entrepris d'énoncer.

— S'il ne vient pas, le Grand Chef Blanc perdra la face et ne saura jamais se justifier devant son peuple ou devant le mien.

Lévesque me regardait. C'était un homme mince, jeune encore, nerveux, qui scrutait l'âme on eût dit, qui savait lire bien creux au fond des êtres.

Chez les Blancs, c'est une chose rare. Peu d'entre eux savent regarder l'homme en face.

— Tu perds ton temps, dit-il à la fin. Même si je faisais parvenir ton message au Premier Ministre du Canada, personne ne le prendrait au sérieux.

Une deuxième fois je suis sorti et j'ai repris le chemin de la forêt. Mais avant de quitter Lévesque je lui avais répété:

— Si ton grand Chef ne vient pas me rencontrer sur la rive de la Bersimis, à une journée de canot en amont des Betsiamits, à la demie du prochain mois, alors que la lune sera pleine, je ferai ce qui est à faire.

Comme j'avais un mois d'attente, j'ai repris mes portages jusqu'au lac Ouinokapau où j'avais des pièges tendus et où je savais retrouver mon pays quotidien.

8

Je me souviens de l'écorce.

C'était au temps où les échos ne répondaient qu'en notre langue. Le temps des foulées franches où les hommes réfléchissaient autour du feu.

Le temps où les femmes avaient des gestes lents et quand la courbe de leurs bras s'accordait à la courbe des grands saules penchés.

Il n'y avait point d'odeur de diesel dans les sentes.

Et le seul bruit du ciel était le grondement lourd du tonnerre à l'horizon, aux soirs chauds d'été.

Alors l'écorce était parmi nous comme le sang était aux veines et la peau de daim sur nos épaules.

Il n'était que de soulever autant d'écorce qu'il le fallait au tronc du bouleau.

Et nous allions alors sur les eaux douces dans nos canots membrés de bois cuit et recouverts d'écorce lisse.

Et nous mangions alors dans les cassots de bouleau que les femmes pendaient aux fourches du soir, au ras du bleu de la flamme.

Et nous cousions et nous courions, nous grimpions et nous buvions grâce à l'écorce.

Est-il tant de Montagnais aujourd'hui qui se souviennent du temps de l'écorce ? Ce temps des fumées résineuses qui se glissaient à la surface du lac et venaient nous accueillir au retour de la chasse ?

(Là-bas, sur la pointe sèche d'une pinède s'avançant dans le lac, les ouigouames étaient des taches claires dans le soir neuf.)

Te souviens-tu, mon père, que je portais le seau d'écorce du ruisseau transparent jusqu'au bas de la case-à-eau ? Que j'étais petit alors mais que je croyais en toi ? Te souviendras-tu, ô mon père, en ton Pays des Bonnes Chasses où rien de tout cela n'importe plus, du temps de l'écorce qui était le temps de la félicité ?

Le temps du cuir tanné avec la même écorce et son aubel tendre ?

Le temps de l'arc et de la flèche, et de la lance faite de bois durci au feu, et armés de leur pierre acérée ?

Le temps de la chasse rusée où les armes des bêtes et les nôtres étaient égales ?

Te souviens-tu, mon père, et vous tous qui n'êtes plus, du temps béni de l'écorce ?

En mémoire de toutes les coulées de sang vif, initiatrices de nos générations d'une ère à l'autre, j'ai fait un pacte dans l'espoir de toutes choses bonnes, que reviendrait pour chacun de nous le temps de l'écorce. Non en sa réalité d'autrefois, mais dans l'esprit et pour rythmer nos gestes du jour.

Il faut que les filles montagnaises sachent chanter du haut des sommets et que leurs voix coulent au long de notre peau comme des caresses fraîches.

Il faut que les filles montagnaises prennent à deux mains le nouveau-né et l'offrent aux taillis généreux, aux eaux poissonneuses et au ciel de soleil, que l'on sache en tous lieux des Manitout leur gratitude d'être les continuatrices.

Il faut que les hommes de mon sang sachent poser sur la pelleterie luisante une main de respect et d'honneur, qu'en tous bosquets survivent justement les issues nouvelles et que demain et dans tous les ans futurs soit riche la forêt nourricière.

Il faut que le temps de l'écorce revenu soit pour nous le retour à la vie quiète. Qu'il n'y ait plus la désespérance, qu'il n'y ait plus l'angoisse, que l'on ne craigne aucun bruit d'homme en nos parages. Que ce temps soit de nouveau le temps de l'amour, car il n'est pour l'homme que celui-là, qui a été fait pour lui et qui est son don sur terre.

Que les hommes sachent donc aimer et les femmes davantage. Qu'en se remémorant le temps de l'écorce l'on enseigne aux filles qu'il n'est de son plus grandiose que le son d'amour, de voix plus pénétrante et belle que la voix d'amour.

Et à nos hommes la douceur de la perpétuation sereinement accomplie dans le pays d'éternité.

....

J'ai retrouvé ma contrée autour du lac Ouinokapau.

Ma vie a recommencé.

Je ne la dirai pas en son quotidien. C'était ma vie comme toujours elle avait été. Ni ma solitude, ni mon projet, ni l'acte à compléter le temps venu, ne pouvaient influer sur ce rythme.

Je reprenais tout uniment mes accoutumances en cette forêt d'Ungava, en ce canton précis qui m'était devenu en quelque sorte un lieu d'habitation et un royaume.

C'était une forêt composée de grands pins noirs, de sapins plus trapus, mais sains aussi, d'épinettes et de bois francs épars parmi les conifères. Un bois d'hiver où chasser à l'aise et un bois d'été d'une merveilleuse richesse. Le chèvrefeuille, l'aubépine, les framboisiers et les mûriers sauvages abondaient dans les sous-bois; partout aussi le cèdre rampant formait d'excellentes ca chettes pour les lièvres. Le renard, de même le vison, le pécan et la loutre couraient ces taillis. Dans une baie peu profonde mais large et longue, de l'autre côté du lac, une colonie de rats musqués vivait qui comptait au moins deux cents bêtes. Il y avait des excréments de loup dans les *trails* d'ours, des pistes d'orignal partout sur le sable, et des ravages de chevreuil aux orées de quatre clairières en pourtour du lac.

Les nids d'oiseaux chanteurs n'étaient pas rares et cela attirait les martres dont la fourrure est précieuse. Partout, sur les échappées de sol humide, des traces de perdrix et de poules d'eau.

Etait-il ainsi le monde premier que Tshe donna à l'homme ? Avais-je repéré le canton parfait où mener ma tribu ? Ce m'était un sol généreux, est-il étonnant que je le voulusse partager ?

Je n'ai pas cherché toutefois à réfléchir trop profondément à mon pays. Il était essentiel que je reste attaché à chaque geste de chaque jour, que je n'espère plus rien de cette contrée, que je ne rêve à aucune des joies qu'elle m'accordait.

J'avais choisi un destin. Rien ne devait me porter à d'inutiles regrets.

Au mois de mai revenu, je n'entendrais peut-être pas exploser la glace des lacs cédant sous le poids du jour. J'en aurais peut-être fini du temps des hommes, et des longs pèlerinages vers les terres stériles des Montagnais transfuges ne seraient plus mon souci.

Mais contre toute prévision logique, ne devais-je pas opposer plus de fatalisme ?

J'ai placé mes pièges là où ils enferreraient le gibier à fourrure.

Je l'ai fait simplement, d'instinct, en agissant comme toujours j'avais agi, au nom de la vie qui se continuait.

Je crois que ma seule concession à la nouvelle ordonnance de mon destin fut d'accomplir, après mon retour et avec quelque cérémonie, le premier écorchage.

Il est des rites à observer à chaque étape de vie. Quand l'enfant naît, sa mère fuit en secret la première nuit qui a suivi la venue au monde. Et elle porte l'enfant neuf vers un sommet. Là, elle le suspend à un arbre et toute la nuit elle danse lentement autour de cet arbre. D'une main elle arrache de l'*entshiskailnuit* — le nouveau-né — à gestes lents et doux, tout le mal, toutes les mauvaises choses, tous les destins cruels. Puis du même geste elle lance ces dangers bien loin, au bas de la montagne, pour que les esprits de la nuit s'en emparent et les maîtrisent.

Et elle fait en même temps un chant, un récit rythmé qu'elle gardera secret pour être enseigné à son fils à l'âge d'homme, quand il aura ramené au ouigouame sa première proie de viande fraîche.

Quand se fut pris le premier vison noir en mes pièges et le premier de tous les visons cette année-là, j'ai cru louable d'accomplir un rite honorant ce qui bouge et domine invisiblement au-delà de mes cieux, par delà mon monde à moi que je touche et que je vois.

Ainsi l'hommage était rendu, le geste propitiatoire accompli.

Rangé à la chaleur du feu, le vison que j'avais apporté raidi par le froid était redevenu souple.

Sa pelleterie sombre luisait en teintes bleuâtres à la lueur des flammes. C'était, je crois, la prise la plus belle qu'il m'ait été donné de capturer en bien des années.

Un symbole, peut-être, la marque du temps nouveau ? Le sceau de promesse ?

J'ai piqué la lame acérée de mon couteau à la gorge du vison et j'ai lentement tranché le cuir, de la gueule jusqu'à la queue.

C'était l'étape première du dépeçage. Je n'entrepris point la deuxième tout de suite. Plutôt, j'ai pris sur mes mains étendues cette bête morte pour moi et je l'ai élevée au-dessus de ce qui m'entourait, l'abri de branchages, le feu ardent, les bosquets de cèdre rampant. J'ai tendu en offertoire la dépouille au plus grand de mes dieux, le Tshe Manitout, puis aux autres, ceux des forêts et des buissons, ceux qui règlent le cours des eaux et ceux qui acheminent les nuages au ciel. Je n'ai oublié aucune des puissances, même celles, obscures et nécessaires, qui gouvernent ces insectes utiles, les mangeurs de carcasses, les fossoyeurs qui tiennent propres les sousbois et ne tolèrent point que la mort des bêtes souille les parages.

Divinités de la vie, (le Tshe Manitout qui insuffle l'animation à l'homme dès sa conception), divinités de survie, divinités d'ordonnance et de bon maintien de la nature, divinités humbles aussi, l'hagiographie de ma religion à moi, qui a longtemps gardé bien haut l'honneur de la race rouge.

Tenant sur mes mains le vison mort, j'ai cerné le feu d'une danse apprise en mon enfance, j'ai inventé une musique et sur cette musique j'ai prononcé les mots d'imploration.

Car c'est ainsi que se doivent honorer mes dieux, du fond de l'âme et en sachant inventer ses prières à soi.

Quand j'ai jugé l'hommage pleinement rendu et que j'ai senti en moi se manifester le plaisir des dieux, c'était le temps de la deuxième étape.

J'ai soulevé soigneusement la peau du vison, à légers coups sûrs séparant le cuir de la couche graisseuse. Il me fallut longtemps pour parfaire l'ouvrage car il importait que cette peau entre toutes soit de haute classe et ne montre le moindre faux coup, la moindre écorchure.

J'ai dénudé la tête aussi, et la queue. Etalée sur un séchoir, on pouvait deviner la forme entière de la bête et, sur la carcasse rejetée, pas un poil ne subsisterait.

C'était ainsi la belle tâche bien accomplie de celui qui a le respect de son métier.

La peau de vison noir était parfaite. Par sa couleur, par l'âge de la bête, par la finesse du duvet profond et la santé du long poil, c'était, j'en pouvais jurer, une pelleterie comme il en vient rarement aux comptoirs des facteurs.

Toute cette soirée-là, j'ai nourri mon feu, que règnent la chaleur et la lumière. Avec une pierre d'usage gardée à fond de sac, correctement oblique et raclante, j'ai gratté toute graisse et toute chair du cuir intérieur. Puis j'ai lavé l'envers de la peau et lavé le fond du poil.

J'ai ensuite enroulé la pelleterie et quand je me suis endormi, j'avais sous ma tête cette fourrure dont je savais qu'elle était plus qu'un symbole, le signal même des dieux accordés à mon projet.

Est-il donc, dans les au-delà de toutes les races, des dieux qui peuvent survivre lorsque leur peuple se meurt ? Il n'est de paradis que pour les élus. Or, si les Indiens paient tribut à d'autres dieux et s'il ne reste pour mes Manitout aucun homme rouge pour les invoquer en leur langue, que deviendront-ils ?

Devront-ils, pour continuer l'œuvre, comme aux siècles antiques, n'être que les dieux des pins et des bouleaux, des bêtes et des cent mille lacs ?

J'étais sûr maintenant d'être non seulement leur agent libre soucieux de recommencements, mais presque leur messie à l'échelle de mon petit peuple.

Je n'en demandais pas plus.

9

Bien des centaines et des milliers d'années auparavant, ma forêt n'était habitée que par les bêtes. L'homme n'y était pas encore venu. Les frondaisons ne se renvoyaient pas les échos des sons d'homme et si les bêtes avaient des ennemis aucun n'était ce bipède imprévisible, hypocrite et inventif qui vint par la suite.

Cette absence de l'homme ne rendait pas la forêt plus sûre pour les espèces animales y cheminant. Chacune avait quand même son destin ordonné.

Ce fut ainsi que les loups s'unirent en meutes, une année de disette où les proies faciles avaient été décimées trop rapidement.

Le premier *pack*, affirment nos chants, fut organisé aux abords du lac Kakush, le lac des Porcs-Epics. Huala, un jeune loup très habile et très intelligent, vit un jour un orignal de grande taille qui buvait le long de la grève. Huala avait faim. Et il savait que d'autres loups dans les parages avaient faim aussi. Tapi dans un fourré, il huma longtemps l'odeur, observa la bête, supputa ses chances.

Mais Huala était intelligent et à sa bravoure il joignait la sagesse. Voyant que l'orignal allait repartir et se perdre dans les grands taillis, il eut soudain l'idée d'appeler d'autres loups à sa rescousse. Mais comment faire ? Huala ne connaissait qu'un appel portant assez loin, c'était celui du mâle appelant la femelle. Appel de printemps, qui étonnerait sûrement toutes les louves dans les parages et qui intriguerait les mâles.

L'orignal s'ébrouait. Dans quelques instants il repartirait. Huala se sentait impuissant à attaquer cette bête énorme qui pouvait le broyer à coups de sabots. Et si le loup s'élançait vers la carotide de la bête, s'y agrippait et tenait bon, l'animal saignant à mort en secouant son grand cou puissant pouvait assommer Huala contre les pierres ou contre les troncs d'arbres.

Non, il fallait de l'aide, il fallait que tous les loups viennent. Désespérément, Huala se mit à hurler. L'orignal bondit aussitôt vers la forêt, mais Huala, hurlant toujours, partit à sa poursuite.

Il n'y eut d'abord dans la forêt, aux hurlements du loup, qu'un silence étonné. Toutes les bêtes s'étaient tues, écoutant cet appel que personne n'aurait cru entendre un jour d'octobre.

Puis, très loin, une femelle dialogua. Huala reconnut la voix d'une toute jeune louve, une voix un peu timide qui interrogeait plus qu'elle ne répondait.

Mais ce premier répons au rite qui devait maintenant devenir traditionnel provoqua chez d'autres louves des alentours la même curiosité. Bientôt, la voix des mâles interrogea aussi. Et soudain ce fut un concert. Sur toutes les crêtes, au fond de tous les vallons, une trentaine de loups entreprirent une palabre avec Huala. Cependant que le jeune loup poursuivait toujours l'orignal.

L'une des bêtes comprit-elle ce que voulait Huala ? Un instinct anima-t-il les loups ? La légende ne le dit point. Il est une seule chose dont nous sommes sûrs: les loups et les louves vinrent à l'appel d'Huala. Bientôt, ils couraient tous à ses côtés et ce n'était pas un loup seulement qui harcelait le grand orignal, mais une meute entière, affamée, féroce qui se hâtait désormais en silence.

Dans toute la forêt, il n'y avait plus que le souffle haletant de la bête haute s'épuisant rapidement. Et derrière elle, la course feutrée des loups, une masse agile, compacte, implacable d'où montait parfois un grognement, ou un jappement bref, les ordres de route jetés par Huala qui avait pris la tête du *pack*.

L'orignal fut atteint au bord d'un autre lac. La meute entière se rua à la curée. Une dégustation vorace dont il ne resta, la faim assouvie, que quelques ossements épars sur la grève.

Quand le *pack* eut dormi Huala lui tint à peu près ce langage:

— Vous aviez faim, je vous ai appelés et vous avez mangé. Si vous voulez, ce sera ainsi chaque nuit.

Les louves, admiratrices, fixaient leurs grands yeux sur ce jeune mâle à la belle assurance. Les loups plus vieux que Huala, ou moins audacieux, tinrent conseil. Il y eut des dissidences. Un vieux loup se sépara de la nouvelle meute et s'en fut, solitaire et hargneux.

— Je serai votre chef, dit Huala, jusqu'au jour où je ne pourrai plus découvrir de gibier pour vous.

Ainsi naissait la première meute.

Huala passa cette première journée à dépister de bonnes proies, à observer leurs allées et venues. Dès le soir tombé, il courait vers l'un des sommets et lançait son premier cri de ralliement. Alors, de tous les fourrés du pays, de tous les terriers jaillissaient les réponses. Une demi-heure plus tard le *pack* était formé, Huala l'avait instruit des bêtes qu'ils allaient traquer et la chasse silencieuse commençait.

Huala, selon la légende, fut le premier loup-chef de la première meute, dont les exploits sont chantés dans les langues indiennes et qui a inspiré tant de jeunes braves de la race rouge.

Plus tard, quand les premiers hommes à la peau cuivrée sont apparus en forêt, d'autres meutes de loups se formèrent. Il y eut des centaines de *packs* qui chassèrent dans toute la forêt du nord. Mais il y eut aussi les *packs* d'hommes, un jeune chef à leur tête, tout comme les loups. Et les bêtes tapies, blotties pour ne pas être tuées, se demandèrent souvent lequel des deux *packs* était le plus cruel, celui des loups ou celui des hommes.

Ainsi fut-il, à cause des loups et à cause des hommes, que les animaux de la forêt durent apprendre de nouvelles ruses. Jusque-là, ils n'avaient eu d'adversaires que ceux promulgués par les dieux sylvains. Maintenant, des ennemis autres que les loups apparaissaient, les hommes habiles, rusés, inventifs, redoutables.

Ennemi de tout animal, l'homme se nourrissait de bêtes hautes, de lièvres aussi et de porcs-épics. Il tuait les visons, les rats musqués, les loutres, les martres, les pécans, les castors, les chats sauvages, les belettes, les loups-cerviers et les renards pour leur fourrure. Il tuait les loups en prétendant se protéger contre leurs attaques. Il abattait les oiseaux, massacrait les écureuils, s'emparait des poissons dans les lacs et les rivières, volait aux abeilles leur miel et leur cire, arrachait aux ourses leurs oursons, et démolissait le barrage des castors.

L'homme était plein de traîtrises. Il tuait un orignal, le dépeçait en cent lambeaux de chair qu'il semait un peu partout au bord d'un lac. Et quand venaient se régaler les renards et les martres, les visons et les pécans, les pauvres bêtes étaient transpercées de flèches, ou bien elles s'étranglaient dans les collets de souple babiche insidieusement tendus sur leur passage.

Des centaines d'années plus tard — voire des milliers — d'autres hommes vinrent encore, blancs de peau, qui portaient le tonnerre entre leurs mains, et qui tendirent non plus des collets souples mais d'affreux pièges de métal qui déchiraient les chairs.

C'est pourtant de cette petite guerre que naquirent les grandes ruses des bêtes de la forêt. C'est ainsi que d'une génération à l'autre se fit une nouvelle transmission d'instincts. Les animaux parvinrent à déjouer les hommes plus souvent que ceux-ci ne parvinrent à les traquer.

Les bêtes apprirent la nécessité du silence. Elles apprirent à se terrer des heures durant. Faisant tout à coup face à trop d'ennemis à la fois, elles ne furent pas toujours décimées, mais parfois émigrèrent vers des pays plus paisibles, vidèrent de grandes régions à la fois.

Vint un jour où la bête traita d'égale à égal avec l'homme. Ce ne fut plus complètement la loi du plus fort, mais la loi du plus rusé, un jeu d'adresse entre l'une et l'autre.

Il fallut mille ans peut-être, mais alors qu'autrefois le renard marchait queue droite pointant vers le ciel et rôdait librement dans le bois, il en vint peu à peu à se glisser silencieusement, queue entre les jambes, à bondir sur ses proies et à fuir aussitôt. Y avait-il sur la brise la moindre odeur d'homme que le renard détalait. Il n'avait jamais appris à fuir auparavant, et maintenant qui pourrait le rattraper lorsqu'il détale ?

Ainsi pour chaque bête.

Des mœurs nouvelles changèrent la démarche, l'habitat, le temps de la chasse et même la nature des proies.

Mais surtout, l'apprentissage de la ruse, l'usage d'astuces toujours renouvelées.

Et donc, à cause des loups d'abord et des hommes ensuite (et en dangers conjugués pour toute bête, les loups ou les hommes chassant en *pack*) l'entier de la faune sylvaine avait dû adopter de nouvelles vies.

Ne pouvais-je, moi, m'inspirer du loup de légende, de Huala l'inventeur des meutes, m'inspirer aussi des expéditions anciennes où l'homme-chef menait sa propre meute à la curée ?

Regrouper les Montagnais. Homme-loup, homme-chef, si temporairement que cela soit, rassemblant les miens, prenant leur tête, les menant, libres enfin, vers ce pays que j'allais leur garantir ?

J'ai vécu un mois, chassé un mois durant, trappé et réfléchi. Toute chose un entier aux éléments inséparables, tel qu'il se doit chez tout homme qui habite la forêt, en vit, et veut en tirer le bien suprême.

J'ai réfléchi, parce que cela était nécessaire. J'ai ordonné l'avenir, je l'ai déterminé.

Plus encore, j'ai espéré.

Et quand je me suis rendu au rendez-vous sur la Bersimis, où je savais bien que le Grand Chef Blanc ne serait pas, j'ai pleuré cette fois, j'ai pleuré quand même, car ma lassitude était grande et mon âge pesait lourd, et j'aurais tant voulu me tromper et recevoir de bonne grâce ce que je savais maintenant devoir arracher aux Blancs.

10

Au tournant de la rivière là où la surface gelée est longue et large, lisse aussi, assez lisse pour que s'y pose un avion, il n'y avait rien quand je suis venu.

J'attendis quatre jours et nul avion portant le Grand Chef n'apparut au ciel.

Il n'y eut même pas un coureur me portant des excuses.

J'avais invité un chef à me rencontrer et il n'avait pas eu la courtoisie des chefs.

C'est ainsi que la guerre ne périra jamais sur la terre, tant que les hommes-élus n'apprendront pas toutes les étiquettes et ne respecteront pas les coutumes de leurs frères à peau différente.

Je n'ai rien vu d'écrit dans le ciel qui me fasse, moi le Peau-Rouge, inférieur au Premier Ministre blanc qui règne à Ottawa.

Il a froid quand j'ai froid, cet homme, faim quand j'ai faim. Il est tiraillé par les mêmes douleurs, et toute balle m'entrant dans la peau crèverait sa peau autant que la mienne.

Le vent soufflera sur moi comme sur lui et l'eau le noiera comme elle noie les Montagnais. Les mêmes moustiques nous harcèlent et nos femmes sont abordées semblablement.

Sa maison est plus chaude que la mienne peut-être et sa fortune est grande, mais ma richesse est mon pays et mon pays est immense. Cet homme peut, s'il le veut, noliser de grands navires et voyager de par le monde. Peut-il, à sa guise, et comme je le fais, sauter des rapides en un canot d'écorce de bouleau ?

Pèse-nous sur une honnête balance, pèse-nous avec justice. De peau, de sang, de ce qui est bon ou de ce qui est mauvais en lui organe pour organe et muscle pour muscle, est-il différent de moi ?

Nourri plus finement, il sera peut-être dévoré avec plus de plaisance par un loup qui serait un gourmet chez les siens ! Mais je ne crois pas qu'il s'agisse là d'une enviable supériorité.

Au bout de quatre jours, je suis venu plus près de la réserve. Désormais, je ne remonterais en ma contrée que la tâche accomplie et jusqu'à son issue, quelle qu'elle soit.

Entre la Bersimis et la Manicouâgan, il y a un torrent qui traverse le plateau derrière le chemin. Ce torrent oblique ensuite fait mine de vouloir atteindre la Bersimis, puis il vire de nouveau, cette fois vers la mer. Dans cet angle droit se trouve un bosquet éclairci de hauts pins et de saules larges. Et près du torrent, à charge de traverser un taillis serré pour y accéder, une sorte de clairière grande comme trois *teepees,* toute de sable, rarement couverte de neige en hiver.

On y a l'illusion de l'automne avant les premières bordées. Et en cet état, c'est une sorte de retraite cachée et accueillante.

C'est là que je me suis construit un abri. J'étais sûr que personne ne m'y viendrait trouver. Si je brouillais mes pistes de sortie et d'entrée, les Montagnais de la réserve ne sauraient me traquer.

Tiernish en avait peut-être l'habileté, mais j'étais sûr qu'il n'accepterait pas une deuxième fois de se déranger.

Pikal ? Les autres ? Qui saurait ? Chez combien d'entre eux subsistait la science de la forêt, cette condition essentielle de survie ?

J'étais donc en lieu sûr dans ma clairière étroite. J'y pourrais effectuer les étapes de mon projet.

Maintenant pouvait être amorcée la phase dernière, celle de l'issue, l'engagement irrémédiable.

(Comment en étais-je venu là ? Bien sûr, j'ai parfois ressenti une hésitation, ou de la crainte. Parfois même une sorte de panique. J'ai de l'homme blanc la même angoisse. Qu'elle soit chez moi mieux dissimulée ou parfois différemment reçue ne la neutralise point. Homme parmi les hommes, et cela peut être la plus terrible des condamnations. Si j'avais été un être inférieur, paria logé au sous-niveau de la race humaine, je n'aurais pas plus ressenti de fierté que d'angoisse, pas plus de panique que de révolte.)

Je me souviens qu'à trente ans, après un portage incroyable, après des escalades qui n'en finissaient plus, je me suis trouvé à ras de sommet du mont Taureau. Nous étions trois de l'expédition. Un cousin, un autre Montagnais sans lien et moi.

Nous avons habité deux jours durant ce flanc escarpé, une sorte de tableau de granit en haut duquel se trouvait une étroite saillie où nous faisions notre feu, où nous dormions.

Si je te le raconte, c'est que j'eus, ce soir-là près de la réserve et alors que j'allais conquérir le monde, l'image nette en mon souvenir d'une seule pierre que mon pied fit rouler trente ans auparavant, au flanc de ce mont escarpé.

Une seule, un matin, ricocha contre une arête, délogea deux autres pierres qui continuèrent à choir avec la première. Il y en eut ensuite dix, puis vingt et le nombre fut si grand que je ne les comptais plus.

Et l'avalanche grossit, devint un fléau qui laboura tout le flanc du mont, déracinant les arbres, rasant les monticules, creusant des gorges.

Quand le tonnerre se fut éteint et que ne resta dans l'air bleu qu'un peu de poussière chassée par le vent, le pays au bas de la montagne n'avait plus le même aspect.

Une pierre, grosse comme le poing, délogée par mon pied maladroit.

Si peu.

Tshe Manitout, étais-je marqué de deux destins semblables à trente ans de distance ?

Mais je n'étais plus maladroit, crois-le. Je me souvenais de la pierre et si je délogeais gros comme mon poing de puissance pour que naisse une avalanche au pays des Blancs, c'était réfléchi et calculé.

Malgré ma panique.

Malgré l'angoisse.

En dépit de toute poussée de fausse-sagesse en moi, sorte d'instinct de survie, qui m'avertissait des dangers à courir.

Qui, mieux que moi, pouvait connaître les dangers, qui en avait escompté les effets ?

Dans sa ville lointaine et à cause de moi, le Grand Chef Blanc perdrait la face.

Je n'avais d'autre propos. J'axais tout geste, toute résolution, toute étape nouvelle sur ce fait absolu. Il perdrait la face.

Et moi, je pourrais mourir.

S'il le fallait, je consentais bien à disparaître pour que renaisse mon peuple.

S'il le fallait.

Etendu sous mon abri, deux jours durant je me suis recueilli. Je couvrais mon feu pour qu'il ne soit que braise et que ne s'en échappe le moins dc fumée possible.

Personne ne me savait ici, il ne convenait pas qu'on l'apprît trop tôt.

Moi-même, est-ce que vraiment je me savais en un endroit précis du sol ? Il me semblait que j'habitais le temps et que j'avais les astres pour repères, plutôt que l'ondulation des montagnes, le chemin des rivières, l'échancrure des lacs.

Mon pays, pour le dire, appartenait soudain plus au rêve qu'à la géographie. Ce que je faisais touchait à la grandeur, je n'en pouvais plus douter.

Une suite de gestes simples mais définitifs. Et à la fin, la conclusion inéluctable.

C'était vraiment le temps de l'homme, alors qu'il domine la nature.

Grand Chef Blanc, t'es-tu douté un seul instant de la puissance à laquelle tu t'es mesuré ?

Car celui des grandes Cités se croit savant, mais quelle est sa connaissance comparée à la mienne ?

Je mettrais peu de jours à savoir comment vivre en les régions asservies. Tout y a été conçu pour que l'homme n'ait rien à connaître, rien à fuir, rien à imaginer. On a tout mis à sa portée et le plus borné des êtres ne saurait s'égarer en ces endroits.

Tandis qu'ici, dans ma forêt, homme Blanc, imagines-tu ce que je dois savoir ?

Tout ce que de par mon métier je dois retenir et craindre, utiliser et prévoir ?

Je dois graver en ma mémoire les trous, les creux, les émergences et les élévations. La moindre fondrière, le ravin, le vallonnement, les pentes, la courbe des montagnes, tout cela doit m'être familier. Ainsi puis-je me diriger dans le bois. Ainsi puis-je reconnaître l'habitat des animaux, le canton de bon piégeage, l'endroit d'un bivouac sûr, la présence des criques ou des torrents, des ruisseaux et des rivières. Par la couleur autant que la forme aussi, tel vert plus pâle m'indique les trembles et les bouleaux, bois succulents où les hautes bêtes aiment installer leurs *ravages*. Les endroits cahoteux sont le site de cavernes et de grottes où se terrent les ours et les loups. Les plateaux moussus où croissent les conifères, pays des lièvres et des écureuils. Les régions de terre meuble et profonde, couverte d'herbes hautes et de buissons doux, bon endroit pour les cailles, les perdrix, les poules sauvages, les faisans et, parmi les bêtes, les porcs-épics. Les croissances d'arbres durs, de ce que l'on nomme le bois mêlé, avec ses ruisseaux, sa terre humide ici, sèche et jaune ailleurs, ses diverses essences, ses buissons, ses cèdres rampants, ses aubépines, ses églantines, les buissons à baies aussi, airelles, framboises sauvages, sont un bon pays d'ours, de visons, de loutres, de pécans et de petites martres.

Tout cela, dès l'enfance, je me devais de le savoir. Cela qui était la forêt estivale, mais qui était aussi la forêt d'hiver, dont la disposition et l'abondance de la neige étaient régies justement par la disposition première des diverses essences d'arbres. Et donc, non seulement connaître de la forêt ce qui croît et vit, mais aussi ce qui gît sur le sol: la neige n'en étant pas la moindre masse.

Ce qui me guide, c'est avant tout la couleur de la neige. Pour le profane, toute neige est semblable ou il la croit telle. Peu de novices en forêt verraient les nuances.

En plein hiver, la neige est dure, blanche, si blanche qu'au moindre soleil elle peut me rendre aveugle tant elle éblouit. Quand vient mars et que les chutes de neige neuve se font plus rares, le tapis blanc se durcit davantage, forme une dernière croûte épaisse, solide. La neige

111

alors montre ici et là des chutes d'aiguilles et de poussière d'écorce provenant des branches que le vent agite et frotte ensemble. Les animaux y laissent des traces d'excréments, l'urine des ours ou des chevreuils jaunit le blanc à bien des endroits.

Mais quand vient la fin d'avril, le début de mai, là où c'est la grande forêt du Nord, si loin que l'hiver persiste plus longtemps, alors la chaleur du sud monte par la terre, et par le fond de la terre. Et la neige prend ici et là une sorte de teinte qui n'est ni blanche ni grise. On la dirait un peu délavée. Parfois même, on devine derrière le blanc une sorte de noir-gris, très sombre, qui apparaît par transparence. Et c'est là que se cachent les traîtrises.

De poser le pied sur cette neige signifie s'y enfoncer jusqu'au fond, un fond liquide, enserrant, possédant presque la propriété des sables mouvants.

Et s'il y avait, dis-moi, sous cette neige, au lieu du sol uni, quelque ravin, quelque crevasse ?

Pris de panique, celui qui choit dans un tel piège n'en pourra pas sortir. Seul dans la forêt, ses appels ne seront pas entendus: retenu par la masse spongieuse, mouvante, croulante, il mourra là comme une bête.

Voilà donc un peu des connaissances que j'ai dû acquérir, homme blanc, tout au long de ma vie, tout au long de mon expérience.

Et dis-moi s'il est, dans ta vie à toi, la vie dans tes villes et dans tes contrées de terres faites, de chemins tracés, de signaux et de repères, un besoin de sciences égales aux miennes ?

Pourquoi me dire inférieur à toi qui périrais au bout de trois jours en mes forêts ?

Les atomes que tu fracasses, l'énergie incroyable que tu maîtrises, tes lois, Intrus ! ta civilisation, montre-moi leur aloi. Compare tes valeurs et les miennes.

Tu parles de puissance ? Un seul éclair s'abattant sur un grand pin n'est-il pas plus puissant que la plus puissante de tes mécaniques ?

La force d'un ouragan dévastant vingt cantons ne se compare-t-elle pas à tes grandes bombes meurtrières ?

Et dis-moi si ta science a créé un seul pin noir, une seule fleur, la couleur des couchants et l'arôme gras des midis de mai...

113

11

Le cinquième jour de ma présence à l'orée du village, j'ai percé une veine de mon bras et j'ai tracé de mon sang sur une écorce de bouleau le premier de mes messages:

« *Le Grand Chef Blanc n'est pas venu. Je l'attendrai de nouveau au même endroit dans six jours. S'il ne vient pas, il perdra la face.* »

J'ai attendu que vienne la nuit puis je me suis glissé vers la maison du Blanc, dans la réserve.

Moi, Ashini de la forêt du nord, je n'avais pas à craindre les Montagnais des Betsiamits. Ils dormaient tous et les fléaux seraient venus qu'ils n'en auraient point perçu l'approche.

Nulle maison n'avait ses yeux ouverts. Le village était une masse silencieuse et amorphe que je ne reconnaissais plus.

Pourtant, la mer battait contre la grève. Elle était vivante, se rappelait à moi. Pourquoi dormaient-ils tous ?

L'ouïe d'un Montagnais est de grande finesse, son odorat sait reconnaître les venues, les gestes, les raisons à de grandes distances.

L'œil du Montagnais ne se ferme qu'à demi, lorsqu'il vit selon les lois de sa race.

Et pourtant, j'allais en ce village comme va le bélier dans son troupeau. A quelle fin ce paternalisme des Blancs qui plonge des gens de la grande nature en des sommeils si lourds qu'on les pourrait égorger sans crainte... ?

J'aurais pu entrer dans chacune des maisons des Betsiamits, aller et venir à mon gré, tuer ou voler. Ce sont de dures vérités que celles-là, qui fouettent au cœur toutes les résolutions.

Refaire, rebâtir, remodeler, reconstituer ! Partir du rien qui était leur sort présent, extirper d'eux les atavismes, les leur rendre centuplés, grandis, incarnés en eux...

Le village des Betsiamits est construit loin de la route pavée. Une rue où vient se joindre une autre rue, puis une fourche qui s'évase, l'église, la maison des Pères, l'école, les bâtisses propres des Blancs de l'Administration et au bout de tout cela et devant: la mer.

(Tu sais, je te parle peu de la mer parce qu'elle n'est pas notre plaisir et notre utilité. Nous n'avons jamais su construire des barques, pêcher au large comme le font les Blancs. Certains d'entre nous ont chassé à la carabine le loup-marin sur les banquises. C'était pour aider les Blancs, les servir, peiner et gagner des sous.

Il n'est pas de beaux mots en ma langue pour décrire la mer ou pour la chanter. J'ai souvent songé que se trouvait là une immensité qui nous eût été bonne et cependant nous l'avons fuie.

Certes, nos tribus ont souvent habité les rives. C'était surtout aux embouchures des rivières, à cause du saumon qui venait y frayer. C'était aussi parce qu'il y a des fruitages près de la mer, et du sol libre qui attirait ceux d'entre nous las de l'encombrement des forêts.

Mais nous n'avons pas couru sur la mer comme courent les Blancs. Peut-être bien parce qu'elle ne nous offre aucun repère et que nous avons besoin de scruter ce qui se découpe sur nos horizons pour nous sentir en confiance.

Que ferais-je, moi, dans le brouillard sur la mer ?

Ou par ces jours bas et gris, quand tout horizon s'estompe, comment me retrouver ? La crête d'une vague n'est pas un sommet rocailleux et je ne saurais plus retracer mes chemins.

La mer, qui eût pu être amie, est restée une sorte de sourde ennemie...)

D'un point de guet, j'ai observé la vie de la réserve toute cette journée-là.

Je crois que le Blanc était préoccupé, car je le vis aller frapper à plusieurs portes. Celle, en tout cas, de Pikal.

Cherchait-il des appuis ?

Ou une image de moi qui lui donnât des armes pour me vaincre ? Il aimait les Indiens. Mais lesquels ? Les Indiens dociles ou les Indiens rebelles ?

Se ferait-il au contraire mon allié en participant à mon projet ?

Sur les fils noirs sortant de la réserve et courant entre les poteaux jusqu'aux terres civilisées, que se disait-il ce matin-là ? Quelles secrètes harangues ce mystérieux tam-tam portait-il au loin ?

J'ai la science du sol et point d'autre. Je ne pouvais savoir quelles discussions s'établissaient entre les Blancs lointains et celui-là, tout proche, qui s'agitait tellement à cette heure.

Je vis aussi que les prêtres de la religion blanche s'affairaient à leur tour. L'un d'eux conféra longtemps avec Tiernish devant l'enclos des *pow-wow,* derrière l'église. Mais Tiernish faisait constamment non de la tête et je fus un peu rassuré.

Il était le seul qui sût encore humer une piste à ras de terre. De me repérer n'eût été qu'un jeu... S'il était question de me traquer, quel destin voulut qu'il refusât ?

L'auto-neige du transport postal vint sur la route, passa à ma portée puis obliqua sur le chemin de la réserve. Placerait-on mon message dans un sac à destination d'Ottawa ? Serait-il remis là-bas au Grand Chef ?

Et que ferait ce dernier ?

Un espoir me vint, fou, envahissant, magnifique. S'il acceptait la palabre ? Si j'arrivais à lui faire comprendre le bien que je voulais accomplir ?

Tiens, s'il venait ici, s'il voyait de ses yeux les femmes affaissées, les enfants tristes, les hommes sans gestes ? S'il réalisait du coup que ma demande ne rendait pas seulement aux Montagnais leur honneur, mais au Canada entier un peuple neuf à ajouter aux autres, une richesse, un savoir, le recommencement d'une grande sagesse ?

Je voyais déjà, dans mon rêve, aux palabres ordinaires des Blancs participer les chefs de nos tribus, apportant le don de leurs traditions.

« Percez à votre guise ce grand canal, mais respectez ce faisant le versant d'eau qui va irriguer vos régions de lin et de trèfle. Portez ce commerce aussi loin que vous voudrez, mais que croisse ce lin et que fleurisse ce trèfle dont nos peuples ont besoin... »

Rien, si peu...

« N'entreprenez pas d'étendre aujourd'hui votre empire. Il est des signes dans le ciel qui interdisent la levée des guerriers. Et il n'est point de combat plus guerrier que le combat de l'homme contre la nature. Le combat de l'homme contre l'homme n'est qu'une gymnastique d'insectes et aucun dieu ne s'en préoccupe. Mais reculez des monts ou harnachez des eaux et votre guerre contre les Manitout dominateurs des sols et des eaux devient terrible. Attendez pour l'entreprendre que le Tshe Manitout le plus grand de tous vous en donne le signe d'accord dans le ciel... »

Bien sûr, l'on rirait.

Les Anglais méthodiques et les Canadiens français railleurs se moqueraient de nos chefs importuns. Mais lorsque cent prévisions confirmées prouveraient qu'ils ont la sagesse, ne seraient-ils pas acclamés et vitement haussés au niveau des seigneurs ?

C'était un rêve.

Au bout du délai de six jours et malgré tout l'affairement à la réserve, encore une fois ni le Grand Chef ni un délégué ne furent au rendez-vous sur la rivière Bersimis.

Ainsi donc la troisième étape devait s'accomplir.

12

Kaya le loup vint s'affaler contre une souche et resta là, couché, attendant. Mais ce n'était pas ainsi qu'il voulait mourir. Il avait besoin de combattre le mal qui plongeait en lui, besoin de le chasser, de recouvrer sa force. En venant à travers un fourré, il avait mâché des feuilles dont il savait les effets bénéfiques. La douleur n'était pas disparue.

Sur un terre-plein dont le sol était nu et la terre humide, il s'était roulé pour que la blessure soit bien enduite d'humus. Avec sa langue toute salivée il avait détrempé cet humus, en avait fait une boue qu'il avait glissée bien creux entre les lèvres béantes de la déchirure au flanc.

Couché maintenant, bien tapi à l'abri des regards, il pouvait attendre que le mal guérisse. C'était ainsi que sa mère, une grande louve de Mishikamau le lui avait enseigné autrefois.

Autrefois, c'était loin derrière. Des années, de longues années. Une vocation de bête. Kaya avait été une force parmi la meute. Quand il hurlait, cinquante voix répondaient aux quatre coins de l'horizon. Avait-il jamais dénombré le *pack* ? Combien de jeunes femelles attirées des autres *packs* vers le sien, fascinées par son odeur à lui, l'odeur maîtresse, effluve de force et de muscles, d'agilité et de ruse ?

Qui mieux que lui pouvait mener la meute au sang ?

Qui ?

L'autre... ?

Plein de son mal, combattant la mort de toutes ses forces, Kaya, le museau étendu sur les pattes d'avant bien à plat, se remémora les derniers mois.

L'autre...

Cet autre, le jeune Kimla. Etranger parmi eux, venu de la Cahonga en intrus, parlant haut, bousculant les anciens. Il bondissait hors des fourrés, il transportait des dépouilles chaque fois. Avait-on déjà vu Kimla la gueule vide ?

Kaya contre Kimla. Mais il fallait des forces. Et il fallait le respect de la meute. S'inquiéterait-on de lui ? Une jeune femelle viendrait-elle flairer ces buissons, découvrir Kaya ? Il y avait longtemps que son odeur n'attirait plus les femelles. C'était à Kimla qu'elles allaient.

Kaya se raidit. Il ne fallait pas dire les choses ainsi. C'était admettre la défaite sans combat. Kimla n'était qu'un écervelé, ayant la veine de vivre en une forêt de bon gibier. Il n'avait pas de mérite à trouver des proies dans chaque fourré. S'il avait vécu autrefois, lorsque la forêt était déserte et qu'il fallait chasser deux jours pour trouver un chevreuil... ? Lorsqu'il n'y avait même pas assez de rats et de taupes pour nourrir les louveteaux dans le terrier ?

Le vieux loup bougea, et la douleur le raidit un peu. Il respira plus fort, mais ne geignit pas. Il fallait le silence, il fallait l'immobilité. Il fallait le secret.

Il fallait surtout le secret. Le *pack* devait ignorer où était Kaya. Cela donnerait peut-être à Kimla la liberté voulue, la chance de se prétendre chef, d'ancrer ses positions à la tête de la meute, mais Kaya ne pouvait pas se présenter au *pack* avec cette blessure. Une femelle viendrait flairer son flanc, et n'irait-elle pas raconter aussitôt que c'était d'un vison que venait le mal ?

Que lui, Kaya, le chef de la meute, en marchant dans une *trail* avait bêtement laissé un vison lui bondir au flanc et le mordre ? Et que ce vison, jeune et fort, avait presque eu raison du loup, vieux maintenant et moins habile, moins leste ?

Le *pack* apprendrait la faiblesse de Kaya. Et les jeunes, Kimla en tête, se jetteraient sur lui et le dévoreraient.

Une belette vint non loin, montra la tête par-dessus les herbes. Elle observa la masse grise du vieux loup, supputa la raison de sa présence, fureta du regard partout autour de Kaya, et le long du flanc. Elle vit la blessure, huma le sang et s'approcha. Elle ne semblait même pas inquiète et le souffle haletant du loup ne l'effrayait pas. Vitement elle le contourna, vint à portée des pattes. Kaya, déjà aux aguets, lança les griffes. Mais l'atteinte du vieux loup ne porta point. La bête esquiva le coup d'un saut de côté et vint se jeter sur la plaie sanglante.

Kaya, désespéré, se mit à hurler. Que se passait-il en lui, pourquoi cette panique atroce, cette peur au ventre ? Il hurla, appelant la meute à sa rescousse, soudain indifférent à tout ce qui arriverait. Une seule chose comptait: éloigner la belette, éloigner le danger ! Elle était capable de lui sauter à la gorge, de fendre la carotide de ses dents acérées, et que pourrait-il contre elle ?

Le vieux loup appela, appela, mais la meute ne vint pas. Seul Kimla vint et se tint là un moment, observant la scène. Il avait la gueule ouverte et une sorte de rictus découvrait les crocs. La victoire lui venait vite et bien, la meute serait à lui et Kaya ne contesterait plus jamais.

Il bondit alors sur le vieux loup. La belette s'enfuit. Sur l'herbe d'hiver, puis sur la neige plus loin, et sur le glacis dans les fourrés, les deux loups combattirent.

(Comprends-tu un peu pourquoi je te raconte l'histoire de Kimla, le loup vainqueur ? Et celle de Kaya, le vieux loup rejeté par la meute ?

Crois-tu que je vois en Kimla mon image à moi, qui ne t'ai pourtant pas caché mon âge ?

Remonte en arrière plutôt, songe que le vieux loup, c'est moi. Moi qui suis pour ainsi dire rejeté par la meute. Moi qui lèche mes plaies béantes, ce mal en moi que me fait la vie.

Et Kimla... Kimla, le jeune, l'audacieux, le puissant qui balaie tout, qui repousse brutalement ce qui barre son chemin, qui est-ce ? Ai-je besoin de le dire ?

Qui est jeune en ce pays, et fort, et cruel ? Qui est intransigeant et brutalise les obstacles ?

Les expéditions de petite guerre, je te le dis, étaient de même pensée que le harcèlement de Kimla le jeune loup contre le vieux Kaya. Et la meute est derrière, attentive, retenant son souffle, cruelle avec les cruels, capable de compassion si ses maîtres ont pitié. Capable de dévorer aussi, pourvu qu'on lui en donne quelque raison.

« L'Indien cruel fut bientôt vaincu et nous pûmes poursuivre en ses tribus nos évangélisations. »

Montre-moi un Dieu qui me veuille bon à mon tour. Mais que cette bonté soit exigée aussi de toi, Homme Blanc.

Est-ce trop demander ?

Kaya, peu méfiant, laissa Kimla entrer dans les territoires de la meute. C'en était fait du vieux Kaya dès cet instant.

N'eût-il pas fallu que nous repoussions les Blancs à la mer dès le premier jour ? Dresser des embuscades, clore les rivières, tarir les sources fraîches, brouiller les pistes ?)

Kimla bondit sur Kaya. Sur le sol ce jour-là et pendant plus longtemps qu'on ne l'aurait cru possible, deux loups combattirent jusqu'à la mort de l'un d'eux.

Ce fut Kimla qui survécut.

J'aurais voulu courir à l'aveuglette, frapper à grands coups sur les arbres, piétiner les plantes, hurler comme une bête enragée, me vider de la colère immense qui me rendait fou. Et en ces gestes futiles, inutiles, sans suite et sans raison, exhaler ainsi le ressentiment qui grimpait en moi venu de cent générations en arrière.

Et au contraire de Kaya, secouer ma vieillesse, mon usure, ressusciter la force vive de mes tribus et les lancer à l'assaut de tous les Kimla.

Je l'aurais voulu, mais pour l'accomplir, n'avais-je pas appris depuis longtemps qu'il me fallait immobiliser les coups, taire la voix, apaiser les tribus, emprunter le visage impénétrable de mes ancêtres et n'offrir aux Blancs qu'un combat de ruse et d'astuce...

Quel étrange sentier foulaient mes pas ?

13

Quand six autres jours de ces temps furent écoulés, rien ne s'était produit et personne n'était venu. Aux confluents des équinoxes et des alizés superbes, les vents pouvaient bien bouleverser les cieux, nul astre ne s'en souciait.

Moi, Ashini, descendant des lignées éternelles, je reconnaissais enfin que je portais la dernière semence montagnaise en ce pays.

Le second message fut écrit du même sang et porté de la même façon, mais plus tard dans la nuit. Si tard que déjà de blafards rayons d'aube caressaient la mer en est. Et les maisons alignées, leur silence gris, donnaient à la réserve l'aspect d'un étrange cimetière. Le cimetière d'un pays, marqué de stèles symboliques.

Peut-être bien qu'elle était vraie cette mort de Pikal, de Tiernish, de tous les autres, de chaque femme, de chaque homme issus de notre antique prestige. Et qu'au matin, ce n'étaient plus des vivants qui s'éveillaient, mais les fantômes d'un peuple disparu.

Dans cette nuit dense, sans lune, immobile et léthargique, j'ai pu clouer à la porte de Lévesque le deuxième message.

« *Si dans trois jours le Grand Chef Blanc n'est pas venu discuter la libération de mon peuple, il perdra la face.* »

Est-il un homme d'honneur, porteur de sa perpétuation, qui accepterait l'atteinte profonde à son orgueil, l'insulte à sa dignité ? Qui perdrait la face sans fléchir ?

Du fond de mon pays sauvage, je pouvais, moi, porter l'insulte jusqu'au Premier Ministre du Canada. Il ne s'en relèverait point, car il est un devoir sacré des chefs d'habiter les lieux les plus escarpés de l'honneur. C'est la condition première de ceux à qui les dieux ont confié un destin de puissance. Nul ne peut régner qui a perdu la face, car alors son règne serait une duperie.

Trois jours durant, j'ai dormi. Il venait en moi une longue et insidieuse lassitude, le besoin on eût dit de me réfugier en des mondes de rêves où plus rien de mes réalités ne m'atteindrait.

Tel l'animal qui se roule en boule au fond de son terrier et hiverne à demi mort.

Je fis des rêves.

Je fus porté vers des terres antiques où les Montagnais occupaient les faîtes et les hauts promontoires. Et les tribus rassemblées chantaient à voix unie un grand chant d'amour envers leurs contrées d'homme et le don des dieux.

Comment te dire ces rêves ? Ils n'étaient que des images continuelles, sorte de grand déroulement que je contemplais de loin, participant sans bouger, incorporé et pourtant tenu à l'écart.

J'étais l'un d'eux. (Je chantais avec eux et j'étais heureux de leur même bonheur.) Et néanmoins je me savais seulement un Montagnais déchu, endormi sous un abri.

Un homme se détacha des tribus, enjamba des vallées et vint me toucher l'épaule.

— Comment t'appelles-tu ? me demanda-t-il.

— Ashini et j'habite le lac Ouinopakau.

— Moi aussi je me nommais Ashini, dit l'homme qui avait enjambé les Portes de l'Enfer.

Il rouvrit la blessure à mon bras et prit de mon sang qu'il toucha du doigt, qu'il goûta. Puis il sourit en hochant la tête et sa voix avait la douceur des miels aôutés.

— Ce sang est pur et digne, dit-il. Il a le goût de l'immolation.

Eveillé, je compris qu'il m'avait été transmis un message. Du fond des Terres de Bonnes Chasses, les dieux consacraient mon œuvre.

Aux aubes des prochains jours, tout sang versé honorerait et perpétuerait. Je n'étais plus seul. Je ne serais jamais plus seul. Compagnonnage sacré de l'homme avec son âme, j'avais retrouvé mon âme. Cela ne se nommait plus le fils aîné ou le fils cadet et j'oubliais le nom de ma fille enfuie. Le corps de la femme pouvait gésir sous la terre d'élection. Il m'était donné plus et mieux. J'habiterais maintenant le campement dernier, celui des élus, des marqués au cœur.

« Ce sang est pur et digne. Il a le goût de l'immolation... »

Rien de plus ne pouvait arriver désormais. Le chemin était parcouru, le terme atteint. Je pouvais dresser le *teepee* qui ne serait jamais abattu.

Trois jours avaient passé, le Grand Chef Blanc n'était pas venu. J'ai lancé mon bras de nouveau et recueilli le sang d'écriture dans un vaisseau d'écorce.

Ce dernier message, je l'ai porté à l'aube du lendemain. Si l'on attendait ma venue au plus noir de la nuit, on se lassa, car je vis alors que du soleil montait de l'est et que les guetteurs possibles avaient dû s'endormir.

Lorsque Lévesque trouva le message, il y lut les derniers mots humains que j'allais écrire.

« *Maintenant le Grand Chef Blanc perdra la face et le pays entier sera bouleversé. Ceux qui regarderont demain le symbole de leur déchéance me verront en toute ma force.* »

14

Une route descend des Métropoles et longe le village indien des Betsiamits.

Les Blancs ont érigé un pont d'acier, une masse énorme et laide qui relie les rives escarpées de la Bersimis.

Sortant de ce pont pour entrer sur les territoires concédés, il y a en bordure de la route un poteau où fut clouée une affiche odieuse. On y lit:

RESERVE INDIENNE DES BETSIAMITS

J'ai souvent contemplé cette borne-frontière avec horreur. Car il était là dans toute sa puissance, ce symbole de ségrégation. Intangible barbelé, obstacle, contrainte.

Et c'était là, en pleine vue, au souffle du vent glacial et dans la lumière morne du matin d'hiver, que j'accomplirais mon destin tout en assurant celui des miens.

On n'avait pas entendu ma voix, la voix d'un homme seul criant de son désert.

Mais on entendrait d'autres voix, la voix horrifiée des justes, pour une fois plus forte, pour une fois groupée et réclamant l'équité des lois.

Quand je me suis rendu au poteau indicateur, les parages étaient déserts. Plus déserts, me sembla-t-il, qu'ils ne l'avaient jamais été.

À quoi rêvaient les Montagnais déchus dans leurs lits trop mous ?

Sous combien de toits un acte de continuation avait-il été accompli cette nuit-là dans le village indien des Betsiamits, dont les fruits d'automne seraient, sans le savoir si tôt, les premiers venus de la nouvelle et libre race montagnaise ?

Sauraient-ils me devoir leur sang neuf, ne fût-ce qu'en demi-souvenir d'écolier indocile ?

Mon nom leur sera-t-il douceur et fierté ?

J'ai accroché, au sommet du poteau de bois blanc, la bride du harnais d'aisselle que je m'étais fabriqué.

Ainsi suspendu, mes pieds ne touchaient que difficilement le sol, et je ballais au vent du matin.

Puis, avec mon couteau, j'ai tranché l'artère de mon poignet droit, et vitement ensuite celle du poignet gauche.

En un flot rapide, dans le matin blême, toute la vie s'est écoulée de mon corps.

Mais j'ignorais alors que je mourais petit à petit, pendu à ma croix nouvelle, que pas un de mes messages n'était parvenu au Grand Chef Blanc.

Et que, sur le certificat officiel de décès, l'on inscrirait, dernier opprobre:

Ashini, Montagnais, 63 ans,
suicide dans un moment d'aliénation mentale.

ÉPILOGUE

Il s'est fait un noir profond d'où je suis sorti dans la lumière immense.

Aux côtés de Tshe Manitout le bienfaisant, j'habite maintenant, au-delà de la vie, les Terres de Bonnes Chasses.

J'y ai retrouvé tous ceux des miens morts avant moi. J'ai la faveur de tous les Manitout du Tshe Manitout divisible et infini, pour avoir mené au nom de mes tribus un combat héroïque et sans issue.

Ici, j'ai appris tous les événements de toutes les vies qui m'étaient chères. Les angoisses de ma femme, le remords de mon fils presque transfuge lorsque la balle du Blanc lui retira toute vie. Et les pénibles étapes de la mort de mon fils aîné lorsqu'il périt sur une berge solitaire.

Mais je connais aussi maintenant les joies qu'ils eurent tous et le secret désir qui habite au cœur de ma fille encore vivante de retrouver les anciens bonheurs.

Et je possède toutes les sciences.

Celles des sous-bois, celles des rives, celles des eaux, celles des montagnes et celles des vallées.

Tous les mots, innombrables et nuancés, qui furent jamais inventés en ma langue et le rythme de leur expression, voici que désormais ils me viennent sans effort, et je puis tracer sur les écorces, de mon sang inépuisable, les pages de ce livre.

Je vois aussi les entreprises des Blancs en mon pays. Et je vois la misère des Indiens. Et je mesure à leur grandeur exacte les puissances des Blancs, leurs villes, leurs industries, leurs barrages et les routes qui écorchent déjà ma forêt.

Et je ne peux plus douter maintenant que pour troquer leurs haillons pour les blousons de cuir luisant, pour habiter des maisons où nul vent d'hiver ne s'introduit, les Montagnais doivent à jamais renier ce qu'ils furent ou ce qu'ils pourraient être.

Il ne s'agit pas pour les Blancs d'imposer ces choses. Ils ne songeraient même pas à en discuter, tant elles leur apparaissent logiques et bonnes.

Comme autrefois ils offraient des verroteries, des pacotilles contre les pelleteries, aujourd'hui ils offrent à mes gens les néons, les rues pavées et les costumes de terylène.

Et le malheur c'est que mes gens ne reconnaissent pas la folie de ces marchés de dupes.

Ils ne savent pas ce qu'ils donnent en échange, parce que personne ne le leur a dit et qu'il n'est point de mots dans la langue des Blancs pour décrire une richesse dont ils ignorent même le cours.

Ni les gens des réserves, ni même les Blancs de la ville n'ont appris pourquoi j'étais mort. Et le Grand Chef Blanc n'a point perdu la face.

Il n'a même jamais reçu mes messages.

J'écris donc aujourd'hui ce livre de sang. Point ne sera besoin qu'on le lise. En mon au-delà, je puis faire en sorte que chacun des mots de ma langue tel que je l'inscris sur ces écorces trouve écho en l'un de mes descendants et que, par le juste retour de tout remords, celui-là transmette le récit.

Mais mon peuple est si petit et les autres peuples si grands que ce récit ne produira pas plus d'effet que n'en a une pointe de flèche taillée dans le silex, dormant dans la vitrine d'un musée pour l'ébaubissement de curieux qui n'en comprennent point l'antique importance.

TABLE DES MATIÈRES

Achevé d'imprimer à Montréal par Les Presses Élite
pour le compte des Éditions Fides,
le dixième jour du mois de mai de l'an
mil neuf cent soixante-dix-huit.

Dépôt légal — 4e trimestre 1969
Bibliothèque nationale du Québec